IST DA OBEN JEMAND?

GÖTTLICHE WITZE

Herausgegeben von Peter Köhler

EULENSPIEGEL VERLAG

ISBN 978-3-359-02341-8

Dieses Werk wurde vermittelt durch Aenne Glienke
Agentur für Autoren und Verlage, www.AenneGlienkeAgentur.de
Umschlaggestaltung: Buchgut, Berlin, unter Verwendung einer
Illustration von Reiner Schwalme
Druck und Bindung: CPI Moravia Books GmbH

Ein Verlagsverzeichnis schicken wir Ihnen gern:
Eulenspiegel · Das Neue Berlin Verlagsgesellschaft mbH & Co. KG
Neue Grünstraße 18, 10179 Berlin
Tel. 01805/309999 (0,14 €/Min., Mobil max. 0,42 €/Min.)

Die Bücher des Eulenspiegel Verlags erscheinen
in der Eulenspiegel Verlagsgruppe.

www.eulenspiegel-verlag.de

Inhalt

Die Gedanken fehlen mir für meine Worte!
Das Bodenpersonal
7

Gott sei Dank bin ich kein Pharisäer
Die Gemeinde
16

Mit dem Nachttopf unterwegs
Missionare und andere Reisende
22

Ein Cent ist eine Million
Der schnöde Mammon
26

Mehr Taufwasser bitte!
Das Politische
31

Der Papst ist sein Chauffeur
Der Stellvertreter
34

Bim! Bim!
Die Versuchung
37

Owi lacht
Der Kinderglaube
46

Ka-ka-ka-
Und die Bibel hat doch recht
51

Der Mehrtürer
O Jesus!
54

Gibt es Seeungeheuer?
Der Unglaube
60

5000 Brote für fünf Menschen
Wunder über Wunder
64

Der Tubist
Offene Fragen
68

Wer seinen Dreck selber machen muss
Glauben und Wissen
71

Wird man schlechter vom Taufen?
Religionen unter sich
77

Ich dachte, du bist längst tot
Das Ende
85

Nachwort
94

Die Gedanken fehlen mir für meine Worte!

Das Bodenpersonal

Der Vikar muss seine erste Predigt halten. Weil er sehr aufgeregt ist, rät ihm der Pfarrer, vorher einen Schnaps zu trinken. Der Vikar begnügt sich vor lauter Lampenfieber nicht mit einem Gläschen, stürmt danach außerordentlich beschwingt auf die Kanzel und lässt eine donnernde Predigt vom Stapel.

Nach dem Gottesdienst fragt er den Pastor, wie ihm seine Predigt gefallen habe.

»Gar nicht so übel«, antwortet der, »bis auf ein paar Kleinigkeiten. Erstens wird das Halleluja nicht gepfiffen, sondern gesungen, zweitens hat Kain den Abel erschlagen und nicht, wie Sie sich ausdrückten, in den Arsch getreten, drittens heißt es nicht ›dem Hammel sein Ding‹, sondern ›dem Himmel sei Dank‹, und am Schluss sagt man ›Amen‹ und nicht ›Prost‹!«

*

Der Pastor hat gepredigt und wird hinterher vom Gemeindevorstand sehr gelobt. Nur einer hat etwas auszusetzen: »Die Predigt war gut, aber sie war gestohlen.«

Der Pastor verlangt, dass der Kritiker sich bei ihm entschuldige oder seine Anschuldigung beweise.

Am nächsten Tag kommt der Mann zu dem Pastor und sagt: »Leider muss ich mein Wort zurücknehmen. Ich sagte, Sie haben die Predigt gestohlen, und das war unrecht; denn als ich gestern nach Hause kam und in meiner Bibliothek nachsah, fand ich die Predigt dort noch vor.«

*

Fritzchen kommt aus der Kirche.

Die Mutter: »Na, was hat der Pfarrer gesagt?«

Fritzchen: »Er hat gesagt, die Eltern sollen ihre Kinder nicht so viel fragen, sondern selber in die Kirche gehen!«

*

»Warst du in der Kirche?«

»Ja.«

»Hast du die Predigt gehört?«

»Ja.«

»Worüber hat er gesprochen?«

»Über die Sünde.«

»Und, was hat er gesagt?«

»Er war dagegen.«

*

Zwei Pfarrer im Gespräch.

»Ich habe neulich über eine Stunde gepredigt!«

»Da musst du doch völlig fertig gewesen sein.«

»Ich nicht, aber die Gemeinde hättest du sehen sollen.«

*

Der Pfarrer liest seine Predigt stets vom Blatt ab und legt eine halbe Stunde vor Beginn des Gottesdienstes das Manuskript auf der Kanzel bereit. Eines Sonntags entwendet ein Ministrant die letzte Seite. Was geschieht?

Gerade liest der Pfarrer »Und Adam sprach zu Eva« und schlägt die Seite um, da vermisst er das letzte Blatt. Er durchsucht das Manuskript, murmelt, um Zeit zu gewinnen, nochmals »Und Adam sprach zu Eva« und sagt schließlich leise, aber über die Lautsprecher bis in die letzte Bank hörbar: »Da fehlt doch ein Blatt!«

*

Der Theologe und Philosoph Friedrich Schleiermacher (1768–1834) begann 1794 als Hilfsprediger in Landsberg an der Warthe. Bei seiner ersten Predigt kam er in große Verlegenheit, weil er für die hohen Gedanken, die er der Gemeinde ans Herz legen wollte, das rechte Wort nicht finden konnte, dies ehrlich bekennen wollte und sich versprach: »Meine Lieben, meine Lieben, die Gedanken fehlen mir für meine Worte!«

*

Jeden Morgen schlägt ein Zeuge Jehova die Bibel auf, um das Schriftwort, das er zufällig als Erstes liest, als Tageslosung zu nehmen. Diesmal gerät er bei dem Bibelstechen an Matthäus 27,5: »Und Judas ging hin und erhängte sich.« Erschrocken setzt der Zeuge Jehova noch einmal an und findet Lukas 10,37: »Geh hin und tue desgleichen!« Entsetzt versucht es der Zeuge Jehova ein drittes Mal und landet bei Johannes 13,27: »Was du tust, das tue bald!«

*

Ein junger Pfarrer nimmt zum ersten Mal die Beichte ab. Anschließend fragt er einen älteren Kollegen: »Na, wie war ich?«

Der andere: »Für den Anfang nicht schlecht, aber du solltest öfter ›Na, na‹ oder ›Ts, ts‹ statt ›Wow!‹ und ›Hui!‹ sagen!«

*

»Warum sind Sie eigentlich Pfarrer geworden?«, wird der katholische Pfarrer gefragt.

»Na ja«, antwortet er, »mein Vater war Pfarrer, mein Großvater war Pfarrer …«

*

Vier Pfarrer, die an einer Dekanatskonferenz teilnehmen, gehen zusammen aus dem Saal.

»Wisst ihr was«, schlägt einer von ihnen vor, »immer kommen die Leute zu uns und laden ihre Sorgen und Sünden bei uns ab. Wir selbst haben niemanden, zu dem wir mit unseren Problemen gehen können. Warum nehmen wir uns nicht einen Moment Zeit und erzählen uns gegenseitig, was uns bedrückt?« Die anderen nicken zustimmend.

»Ich muss zugeben, dass ich zu viel trinke«, sagt der erste.

»Ich muss gestehen«, fasst der zweite Mut, »dass ich spielsüchtig bin. Ich wollte sogar schon mal Geld aus dem Opferstock nehmen.«

»Ich«, überwindet sich der dritte, »habe ein Verhältnis mit einer verheirateten Frau aus meiner Gemeinde!«

»Und ich«, bekennt der vierte, »bin ein furchtbares Klatschmaul und kann einfach kein Geheimnis für mich behalten!«

*

»Warum wollen Sie unbedingt Priester werden?«, staucht der Regens, der Leiter des Priesterseminars, einen Seminaristen zusammen. »Ihnen fehlt jedes Talent zu einem geistlichen Amt, und obendrein haben Sie nicht einmal das Geld, um ihr Studium ordnungsgemäß zu bezahlen.«

»Aber ich bin so fromm«, versetzt der junge Mann naiv.

»Mag sein«, schimpft der Bischof, »aber damit wird man nicht Pfarrer, sondern höchstens ein Heiliger!«

*

Zwei Pfarrer reden über den Konfirmandenunterricht.

»Die Jugend wird immer dümmer«, klagt der eine. »Da habe ich gestern gefragt, wer die vier Evangelisten seien, und ein Junge antwortet: David und Goliath.«

Beschwichtigt ihn sein Kollege: »So schlimm ist es auch wieder nicht. Immerhin wusste er die Hälfte!«

*

Der Pfarrer fragt im Konfirmandenunterricht Bibelkunde ab. »Wer hat die Mauer von Jericho zerstört?« Kevin antwortet: »Keine Ahnung. Ich war es jedenfalls nicht!«

Beim Gemeindeabend beschwert sich der Pfarrer bei Kevins Vater über die Antwort und kriegt von ihm zu hören: »Wenn mein Junge das sagt, stimmt das auch!«

Bei der nächsten Synode klagt der Pfarrer dem Superintendenten sein Leid.

Sagt der Superintendent: »Regen Sie sich doch nicht so auf. Wir holen einfach einen Kostenvoranschlag ein und reparieren die verdammte Mauer!«

*

Drei Pastoren treffen sich. Sagt der erste: »In meinem Glockenturm sind Fledermäuse, die ich nicht loswerde. Ich habe Gift gestreut, aber es half nicht.«

Fällt der zweite ein: »Bei mir sitzen die Biester im Kirchenschiff. Ich habe den Kammerjäger geholt, aber vergeblich.«

Meldet sich der dritte zu Wort: »Ich bin die Fledermäuse losgeworden.«

»Wie hast du das geschafft?«

»Ganz einfach. Erst habe ich sie getauft, dann habe ich sie konfirmiert, und seither habe ich sie nie wiedergesehen.«

*

Ein Arzt in einem Missionskrankenhaus erhält spät am Abend den Anruf eines Missionars: »Komm doch noch in die Kneipe, meinem Kollegen und mir fehlt der dritte Mann zum Skat!«

Der Arzt wendet sich zu seiner Frau: »Tja, ich muss noch mal raus.«

»Ist denn das so wichtig?«

»O ja, ein schwieriger Fall! Zwei Priester sind schon dort!«

*

Eine Dame kommt zum Pfarrer: »Können Sie meinen Hund taufen?«

Der Pfarrer ist empört: »Ich taufe doch keinen Hund!«

Die Dame: »Schade, dann muss ich mit den tausend Euro zur evangelischen Kirche gehen.«

Der Pfarrer: »Warum haben Sie nicht gleich gesagt, dass der Hund katholisch ist?«

*

Einige Zeit später erhält der Pfarrer, der den Hund getauft hat, Besuch vom Bischof. Der ist ganz zufrieden, aber fragt zum Ende der Visitation: »Mir ist zu Ohren gekommen, Sie hätten einen Hund getauft. Ist Ihnen bewusst, dass Sie damit gegen das Kirchenrecht verstoßen haben?«

»Ich weiß«, bekennt der Pfarrer, »aber die Frau hat mich so gedrängt und auch großzügig für die Kirche gespendet.«

»Dann will ich mal ein Auge zudrücken«, meint der Bischof, »aber sagen Sie: Ist der Hund eigentlich schon gefirmt?«

*

Ein Pastor und eine Nonne spielen Tischtennis. Der Pastor erwischt den Ball nicht richtig und flucht: »Scheiße, daneben!«

Die Nonne ermahnt den Pastor, weil Gott das Fluchen nicht mag. Doch schon bald entfährt dem Pastor nach einem misslungenen Schmetterball neuerlich ein »Scheiße, daneben!«. Nun wird die Nonne ungehalten und verbittet sich die gottlose Flucherei. Der Pastor reißt sich zusammen, doch nach einem weiteren Fehlschlag rutscht es ihm wieder heraus: »Scheiße, daneben!«

Da erhebt sich ein gewaltiges Gewitter, es stürmt und donnert, und zack! wird die Nonne von einem Blitz getroffen. Stimme von oben: »Scheiße, daneben!«

*

Zwei Pfarrer gehen essen. Der Kellner zählt auf: »Wir haben einen französischen Merlot, einen italienischen Chianti und einen badischen Riesling.«

Sagt der eine Pfarrer: »Wasser ist noch immer das beste aller Getränke. Für mich bitte ein Mineralwasser.«

Darauf der andere: »In aller Bescheidenheit, für mich muss es nicht das Beste sein. Ich begnüge mich mit einem Riesling.«

*

Der Pfarrer will nach getanem Tagewerk einen guten Tropfen Roten genießen. Doch die Flasche geht partout nicht auf, der Korken lockert sich keinen Millimeter.

Endlich ruft der Pfarrer mit einem Blick auf die Flasche verzweifelt: »Wie kann Gott dies zulassen?!«

*

Der Blitz schlägt in ein Kloster ein. Ein Journalist kommt, dem der Abt mitteilt, dass nur geringer Sachschaden entstanden sei.

»Es ist eine Fügung des Himmels, dass der Blitz die Kapelle getroffen hat«, fährt der Abt fort. »Hätte er die Küche getroffen, wären die Brüder sämtlich erschlagen worden.«

*

Der Pastor hat Urlaub im Ausland gemacht und zwei Flaschen Rum gekauft. Wegen des hohen Ausfuhrzolls klemmt er sich vor dem Grenzübergang die kostbare Fracht unter die Achseln.

Der Zöllner fragt: »Hochwürden, haben Sie etwas zu verzollen?«

Der Pastor ganz ehrlich: »Mein Sohn, ich habe alles unter den Armen verteilt.«

*

»Essen und trinken Sie, Herr Pfarrer«, sagte der Bauer, »sonst kriegt es die Katz.«

*

Ein Tippelbruder klopft am Pfarrhaus an und sagt, er habe seit Tagen nichts gegessen. Der Pfarrer: »Sie müssen sich zwingen!«

*

Drei Konfirmanden unterhalten sich, wer den liberalsten Pfarrer hat. Prahlt der erste: »Unser Pfarrer hält Tanzkurse in der Kirche ab!«

Der zweite: »Unserer isst am Karfreitag vor der ganzen Gemeinde eine Schweinshaxe!«

Darauf der dritte: »Pah! Unser Pfarrer hängt an Weihnachten ein Schild an die Kirchentür: Wegen der Feiertage geschlossen!«

*

Südafrika zur Zeit der Apartheid. Eine Farbige will eine Kirche betreten. Der Pastor stellt sich ihr in den Weg: »Halt! Diese Kirche ist nur für Weiße!«

Die Farbige: »Ich will hier bloß saubermachen!«

»Dann geh rein«, sagt der Pastor. »Aber wehe, ich erwische dich beim Beten!«

*

Drei Jungen prahlen mit ihrer Verwandtschaft. Der erste: »Mein Onkel ist Pfarrer, und alle sagen ›Hochwürden‹ zu ihm!«

Der zweite: »Na und? Mein Onkel ist Kardinal, und alle sagen ›Eminenz‹ zu ihm!«

Der dritte: »Vergiss es. Mein Onkel wiegt 180 Kilo, und wenn er zu Besuch kommt, rufen alle: ›Allmächtiger Gott!‹«

*

»Jesus hat immer für dich Zeit!«, steht in großen Lettern im Schaukasten vor der Kirche.

Weiter unten und kleiner geschrieben, ist zu lesen: »Kirche täglich von zehn bis siebzehn Uhr geöffnet.«

*

Ein Mann will Trappistenmönch werden. Der Abt weist ihn darauf hin, dass die Trappisten ein Schweigegelübde ablegen und es nur eine einzige Ausnahme gibt: Alle fünf Jahre darf der Mönch zum Abt kommen und zwei Worte sagen. Dem Mann ist das recht. Er tritt in den Orden ein, bezieht seine Zelle und schweigt fünf Jahre.

Dann tritt er zum ersten Mal vor den Abt und spricht zwei Worte: »Harte Betten.« Der Abt nickt und schweigt.

Nach weiteren fünf Jahren ohne ein einziges Wort kommt der Mann zum zweiten Mal zum Abt und spricht zwei Worte: »Kaltes Essen.« Der Abt nickt und schweigt.

Nach abermals fünf Jahren vollkommenen Schweigens kommt der Mann wieder zum Abt und spricht: »Ich gehe.«

Da antwortet der Abt: »Das dachte ich mir. Seit du hier bist, bist du nur am Meckern.«

*

Die Kardinäle wollen einen gemeinsamen Ausflug machen und unternehmen eine Schiffsreise. Auf hoher See geraten sie in einen Orkan, und alle ertrinken. Wer wird gerettet?

Die Kirche.

Gott sei Dank bin ich kein Pharisäer

Die Gemeinde

Pfarrwechsel. Der neue stattet dem scheidenden Pfarrer einen Besuch ab, bespricht mit ihm alles Nötige für die Amtsübergabe und erkundigt sich, was die Gemeindemitglieder für Leute seien.

Bedeutungsvoll flüstert ihm der leidgeprüfte Amtsbruder ins Ohr: »Böse Menschen, aber ... gute Katholiken!«

*

»Neulich in der Heiligen Messe war einer, der hat geraucht!«

»Habe ich selber gesehen! Mir ist vor Schreck fast die Bierflasche aus der Hand gefallen.«

*

Der Pastor knöpft sich den größten Säufer der Gemeinde vor: »Mein Lieber, wann willst du endlich aufhören zu saufen?«
»Herr Pastor, dafür ist es zu spät.«

»Dafür ist es nie zu spät!« »Dann warte ich noch, Herr Pastor.«

*

Feldgottesdienst in Afghanistan. Der Pfarrer erteilt den Segen und sagt: »Und der Herr sei mit euch.«

Da die wenigsten sich auskennen, antwortet ein einziger Soldat: »Und mit deinem Geiste.«

Ruft der Kommandant: »Ruhe, solange der Pfarrer spricht!«

*

»Es freut mich, dass ich Sie gestern mal wieder in der Kirche gesehen habe«, sagt der Pfarrer zum ortsbekannten Trunkenbold.

»Was«, sagt der, »in der Kirche war ich auch?«

*

Bei der mündlichen Aufnahmeprüfung für einen Studentenklub sollte Oscar Wilde (1854–1900) die Passionsgeschichte aus dem griechischen Neuen Testament übersetzen. Leicht und genau legte Wilde los. Schon bald nickten die Prüfer zufrieden und sagten, es sei genug. »Oh, lasst mich weitermachen!«, bat Wilde. »Ich will wissen, wie es ausgeht!«

*

Drei Damen beklagen den schwindenden Kirchenbesuch in ihren Gemeinden.

Die erste: »In meiner Gemeinde kommen manchmal nur zwanzig Leute zusammen.«

Die zweite: »In meiner sind wir manchmal nur zu zehnt.«

Die dritte: »Bei mir ist es noch schlimmer! Immer, wenn der Pfarrer sagt: ›Geliebte Gemeinde‹, werde ich rot.«

*

Ein Taschendieb hat dem Pfarrer die Uhr gestohlen und sitzt jetzt im Beichtstuhl.

Der Dieb: »Herr Pfarrer, ich habe eine Uhr gestohlen. Darf ich sie Ihnen geben?«

»Nein, du musst sie dem Bestohlenen zurückgeben.«

»Dem habe ich sie schon angeboten. Er will sie nicht.«

»Ist das wirklich wahr?«

»So wahr ich hier vor Ihnen knie, Herr Pfarrer.«

»Dann darfst du sie behalten, mein Sohn.«

*

Eine junge Frau bekennt im Beichtstuhl freimütig ihre Fehltritte. Der Pfarrer entrüstet: »Weißt du eigentlich, was du mit diesen vielen Sünden verdienen würdest?«

»So ungefähr«, antwortet die Frau, »aber mir geht es nicht ums Geld.«

*

Der Pfarrer lässt nach der Predigt den Klingelbeutel herumgehen. Niemand legt etwas hinein. Als der Klingelbeutel wieder bei ihm angelangt ist, schaut der Pfarrer hinein, fasst sich und ruft: »O Herr, angesichts dieser Gemeinde danke ich dir, dass ich den Hut zurückbekommen habe!«

*

Dame nach der Predigt über das Gleichnis vom Zöllner und dem Pharisäer: »Lieber Gott, ich danke dir, dass ich nicht so bin wie der Pharisäer!«

*

»Demut ist meine größte Stärke«, sagte der Pfarrer, »da macht mir so leicht keiner was vor.«

*

Der Pfarrer ist unzufrieden mit seiner sündhaften Gemeinde und predigt in eindringlichen Worten und immer schrecklicheren Bildern über die Qualen der Hölle. Erst weinen nur einige ältere Frauen, dann auch die jüngeren, schließlich schwimmt das ganze Kirchenschiff in Tränen. Am Ende hat selbst der Pfarrer feuchte Augen.

Gerührt betrachtet er seine Gemeinde und ruft mit versagender Stimme: »Tröstet euch, meine Lieben – vielleicht ist es gar nicht wahr!«

*

Gott eröffnet Petrus, dass zwei Drittel der Menschheit schlecht seien und er über eine angemessene Strafe nachdenke. Petrus rät, lieber dem einen Drittel guter Menschen ein Päckchen zur Belohnung zu schicken: Das könne die schlechten anspornen. Gott ist einverstanden und schickt die Päckchen zur Erde.

Was drin war? – Ach, keins bekommen?!

*

Seit Monaten hat Tünnes den Schäl nicht mehr in der Kirche gesehen. Eines Tages trifft er ihn auf der Straße und fragt: »Glaubst du denn gar nicht mehr an Gott, unseren Heiland und die Engel?«

»Doch«, antwortet Schäl, »das himmlische Personal ist ja in Ordnung. Aber mit dem Bodenpersonal komme ich nicht zurecht.«

*

Am Stammtisch grübelt einer die ganze Zeit, bis die anderen endlich wissen wollen, was los sei.

Er fragt: »Gibt es eigentlich schwarze Katzen, die einen halben Meter groß sind?«

Man kommt überein, dass das gut möglich sei.

»Gibt es auch schwarze Katzen, die einen Meter groß sind?«

Das halten die meisten Stammtischbrüder eher für unwahrscheinlich.

»Und gibt es eigentlich schwarze Katzen, die einen Meter achtzig groß sind?«

»Unmöglich!«, sind alle einer Meinung.

Darauf der Mann: »Dann habe ich heute morgen unseren Pfarrer überfahren!«

*

Ein eingeschworenes CSU-Mitglied liegt im Sterben und ruft den Pfarrer, um zu beichten: »Hochwürden, ich bin gestern aus der CSU ausgetreten.«

»Es sei dir vergeben.«

»Aber ich bin gleich in die SPD eingetreten.«

»Warum denn das?!«

»Ich habe mir gedacht, wenn schon einer stirbt, dann lieber einer von den Sozis!«

*

Ein Artist geht zur Beichte. Der Pfarrer will wissen, was für ein Artist er sei.

»Das kann man schwer sagen, das muss man zeigen«, sagt der Artist, verlässt den Beichtstuhl, schlägt mehrere Salti, läuft auf den Händen zurück und legt, wieder am Beichtstuhl angelangt, seine Beine um seinen Kopf. Beeindruckt gibt ihm der Pfarrer seinen Segen.

Nach dem Artisten kommt eine alte Frau und sagt zum Pfarrer: »Mir geben Sie bitte nicht so eine schwere Buße auf!«

*

Ein Kloster wird renoviert. Die Äbtissin will den Bauarbeitern etwas Gutes tun und lässt eine Suppe für sie kochen. Dann trägt sie den Topf zu den Arbeitern. Auf dem Weg denkt sie: Ich will aber zunächst ihren Glauben prüfen.

Sie fragt den ersten: »Sag mir, mein Sohn, kennst du Jesus von Nazareth?«

Der Bauarbeiter schaut verdutzt, dann schreit er nach oben zu seinen Kollegen: »Sag mal, kennt einer von euch den Jesus von Nazareth?«

»Nein, wieso?«, tönt es zurück.

»Seine Alte ist da und bringt ihm das Essen!«

*

Weihnachtszeit. Ein Ehepaar steht vor einem prallvollen Schaufenster und bemerkt die Krippe im Hintergrund der Dekoration.

»Du liebe Güte!«, ruft die Frau. »In alles bringen sie die Religion hinein. Jetzt verquicken sie sie sogar mit Weihnachten!«

*

Ein Mann betritt den Beichtstuhl, setzt sich und schweigt. Der Pfarrer wartet und wartet, dass der Mann zu sprechen beginnt, aber vergebens. Schließlich fragt der Pfarrer: »Mein Sohn, gibt es irgendetwas, womit ich dir helfen kann?«

Da kommt die Stimme von nebenan: »Ja! Haben Sie vielleicht ein bisschen Klopapier auf Ihrer Seite?«

*

Ein Ingenieur wird nach Afrika versetzt. Seine Frau begleitet ihn. Aber sie spricht weder Englisch noch den Dialekt der Eingeborenen und leidet heftig unter Heimweh. Eines Tages kommt ein deutscher Missionar in die Gegend.

Das Ehepaar besucht seinen Gottesdienst, und als der Geistliche laut das »Kyrie eleison« betet, stößt die Frau ihren Mann erlöst an: »Endlich mal wieder ein deutsches Wort!«

*

Während des Gottesdienstes hat der Pastor den Eindruck, dass das Mikrofon defekt sei.

Er klopft mit dem Finger daran und sagt: »Ich glaube, mit dem Mikrofon stimmt etwas nicht!«

Automatisch antwortet die Gemeinde: »Und mit deinem Geiste!«

Mit dem Nachttopf unterwegs

Missionare und andere Reisende

Im Wilden Westen. Ein Wanderprediger will ein Pferd kaufen.

»Da habe ich ein Pferd, das ist genau das richtige für Sie!«, sagt der Pferdehändler: »Bei den Worten ›Gott sei Dank‹ läuft es los, und bei ›Amen‹ bleibt es stehen.«

Der Prediger ist begeistert und macht gleich einen Probe-ritt. »Gott sei Dank!«, ruft er, und das Pferd trabt los. Es ga-loppiert aus der Stadt und prescht über die Prärie. Plötzlich rast es auf eine tiefe Schlucht zu. In seiner Panik hat der Prediger das Kommando zum Anhalten vergessen und betet verzweifelt ein Vaterunser. Als er beim »Amen« angelangt ist, stoppt das Pferd – genau einen Meter vor dem Abgrund.

Erleichtert sinkt der Prediger im Sattel zusammen, wischt sich den Angstschweiß von der Stirn und flüstert: »Gott sei Dank.«

*

Eine Nonne fährt über Land, als ihr das Benzin ausgeht und das Auto liegenbleibt. Im Kofferraum findet sie keinen Reser-vekanister, sondern nur einen Nachttopf. Den nimmt sie und macht sich auf den Weg zur nächsten Tankstelle. Dort füllt sie den Nachttopf mit Benzin und läuft zurück.

Als sie gerade das Benzin einzufüllen beginnt, kommt ein Radfahrer vorbei und ruft: »Schwester, Ihren Glauben möchte ich haben!«

*

Ein Priester und eine Nonne reisen durch die Alpen und werden von einem Schneesturm überrascht. Sie finden eine Berghütte und bereiten sich für die Übernachtung vor. Es gibt Decken und einen Schlafsack, allerdings nur ein Bett.

»Schwester, schlafen Sie im Bett«, sagt der Priester zur Nonne. »Ich nehme den Schlafsack.«

Gerade hat der Priester die Augen geschlossen, da tönt es aus dem Bett: »Pater, mir ist kalt.«

Der Priester befreit sich aus dem Schlafsack, holt eine weitere Decke und breitet sie über der Nonne aus. Dann mummelt er sich wieder in den Schlafsack.

Gerade gleitet er ins Reich der Träume, da ist erneut zu hören: »Pater, mir ist noch immer kalt.«

Abermals kriecht der Priester aus dem Schlafsack, breitet eine weitere Decke über der Nonne aus und legt sich wieder schlafen.

Gerade hat er seine Augen geschlossen, da sagt sie erneut: »Pater, mir ist sooo kalt ...!«

Dieses Mal bleibt der Priester, wo er ist, und antwortet: »Schwester, ich habe eine Idee. Wir sind hier oben von der Außenwelt abgeschnitten, und keine Seele wird jemals erfahren, was sich heute Nacht hier abgespielt hat.« Er grinst listig und fügt hinzu: »Wir könnten so tun, als wären wir verheiratet ...«

Die Nonne haucht: »O jaaa ... das wäre schön!«

Darauf der Priester: »Dann steh gefälligst auf und hol dir deine scheiß Decke selbst!«

*

Eine Nonne ruft bei der Telefonauskunft am Flughafen an: »Wie lange dauert ein Flug von München nach Rom?«

»Einen Augenblick ...«

»Danke sehr!«, sagt die Nonne und legt auf.

*

Ein Mann telefoniert mit seinem schwerhörigen Vater: »... und Ostern fahren wir nach Rom!«

»Wo fahrt ihr hin?«

»Nach Rom!«

»Wohin?«

»Nach Rom!«

»Wie heißt die Stadt?«

»Ro-ben!!«

*

Im Flugzeugabteil erster Klasse kommen ein Imam und ein junger Priester nebeneinander zu sitzen. Der Priester fliegt zum ersten Mal.

»Champagner?«, fragt lächelnd die Stewardess.

»Aber gerne«, antwortet der junge Priester.

»Eher würde ich Unzucht treiben, als Alkohol zu trinken«, ruft der Imam.

Der junge Priester stellt sein Glas auf das Tablett der Stewardess zurück und lächelt sie scheu an: »Oh! Ich wusste nicht, dass wir wählen können.«

*

Ein Mann fliegt zum Winterurlaub auf die Kanarischen Inseln. Seine Frau soll am nächsten Tag nachkommen. Im Hotel angelangt, schreibt er ihr eine kurze E-Mail, vertippt sich aber bei der Adresse. So gelangt seine Mail an eine alte Pastorengattin, deren Ehemann am Tag zuvor gestorben ist. Als die trauernde Witwe ihre elektronische Post durchsieht, schreit sie auf und sinkt tot zu Boden – ein Herzschlag hat sie dahingerafft.

Ihre Angehörigen stürzen aus dem Nebenraum herbei und lesen auf dem Bildschirm: »Liebste Frau, ich bin eben angekommen. Alles ist für deine Ankunft bereit. Dein dich unendlich liebender Ehemann. P.S.: Wahnsinnig heiß hier!«

*

Ein Missionar wird von einem Rudel Löwen angegriffen. An Flucht ist nicht zu denken. Da fällt er auf die Knie, schließt die Augen und betet: »Lieber Gott, verschone mich und gib mir ein Zeichen deiner Gnade! Mach aus diesen Löwen echte Christen!«

Als er die Augen wieder öffnet, sitzen die Löwen im Kreis um ihn herum, falten die Pfoten und beginnen zu beten. Der Missionar ist überglücklich: Gott hat ihn erhört und ein Wunder getan! Da vernimmt er, was die Löwen beten: »Komm, Herr Jesus, sei unser Gast, und segne, was du uns bescheret hast.«

*

Ein Tourist kommt an den See Genezareth.

»Was kostet eine Bootsfahrt?«, fragt er den Bootsverleiher.

»Fünfzig Dollar.«

»Ein bisschen teuer.«

»Bedenken Sie, über diesen See ist Jesus Christus zu Fuß gegangen!«

»Kein Wunder bei den Preisen.«

*

Das Weltraumschiff befindet sich auf der erdabgewandten Seite des Mondes. Da stürzt der Bordcomputer ab. Entsetzt entfährt dem Kommandanten ein »Mein Gott!«.

Antwortet eine tiefe Stimme: »Was gibt's?«

Ein Cent ist eine Million

Der schnöde Mammon

Ein Unterhändler von Coca-Cola kommt in den Vatikan, wird zum Papst vorgelassen und bietet eine Million Dollar, wenn es im Vaterunser künftig heißt: »Unsere tägliche Coke gib uns heute.« Der Papst schüttelt nur den Kopf.

Der Vertreter von Coca-Cola bietet zehn Millionen, hundert Millionen, der Papst lehnt jedes Mal wortlos ab. Endlich bietet der Vertreter eine Milliarde!

Da dreht sich der Papst zu seinem Schatzmeister um und fragt: »Wie lange läuft der Vertrag mit der Bäckerinnung noch?«

*

Der Chef von Mercedes ist beim Papst in Privataudienz und bittet ihn, den Namen seiner Firma ins Paternoster, also ins Vaterunser aufzunehmen.

»Wie bitte?!«, fährt der Papst auf.

»Selbstredend nicht umsonst!«, sagt der Mercedes-Boss. »Ich stifte eine Million Euro für die Kirche.«

»Was glauben Sie eigentlich ...«, schimpft der Papst, doch der Mercedes-Mann unterbricht ihn: »Also schön – zehn Millionen Euro.«

»Kommt nicht infrage!«

»Ich biete hundert Millionen Euro!«

»Hinaus!« Der Papst lässt den Mann von einem Schweizergardisten hinausführen.

In der Tür dreht sich der Chef von Mercedes noch einmal um: »Dann verraten Sie mir wenigstens, was FIAT für das ›Fiat voluntas tua‹ bezahlt hat!«

*

Ein reicher Mann fragt den Pfarrer: »Glauben Sie, dass ich in den Himmel komme, wenn ich der Kirche zwanzigtausend Euro spende?«

»Garantieren kann ich es nicht«, erwidert der Pfarrer, »aber einen Versuch ist es wert!«

*

Unterhalten sich zwei. »Ich sehe nicht ein, dass ich die viele Kirchensteuer zahle«, schimpft der eine. »Unser Pfarrer predigt doch, der liebe Gott habe uns seinen Sohn geschenkt!«

»Das stimmt«, pflichtet der andere bei, »aber du vergisst den Zwischenhandel.«

*

Eine arme Gemeinde aus dem amerikanischen Westen schrieb an John Rockefeller (1839–1937): »Ziehen Sie in unseren Ort, und das ewige Leben ist Ihnen sicher.«

Verwundert fragte Rockefeller, wie man etwas so Abwegiges behaupten könne.

»Ganz einfach«, lautete die Antwort, »bei uns ist noch nie ein reicher Mann gestorben!«

*

Ein Mann fragt Gott: »Stimmt es, dass eine Million Jahre für dich nur ein Augenblick sind?«

»Ja, das stimmt.«

»Stimmt es auch, dass eine Million Euro für dich nur ein Cent sind?«

»Ja, das stimmt.«

»Lieber Gott, dann schenk mir doch einen Cent.«

»Einen Augenblick!«

*

Die Deutsche Mark ist gestorben. Alle Münzen und Scheine versammeln sich vor dem Himmelstor. Freundlich lässt Petrus die Pfennige und Markstücke hereinströmen, winkt auch die Fünfmarkscheine und Zehnmarkscheine durch. Ein paar Zwanzigmarkscheine können sich ebenfalls noch hineinquetschen, dann schließt Petrus die Pforte.

Die Fünfziger, Hunderter, Fünfhunderter und Tausender protestieren: »Warum dürfen die anderen hinein und wir nicht?!«

Petrus: »Tut mir leid, aber euch habe ich in der Kirche nie gesehen!«

*

Ein alter Pfarrer weiht seinen jungen Nachfolger ein, wie er mit seinem niedrigen Gehalt klarkommen kann.

»Ab und zu musst du halt die Zeche prellen! Ich zum Beispiel gehe um elf essen, weil dann Schichtwechsel ist, und wenn der zweite Kellner kommt, sage ich, dass ich bereits bezahlt habe. Weil ich im Talar bin, glaubt er es.«

»Klasse«, meint der andere, »da gehen wir mal gemeinsam hin!«

Gesagt, getan. Sie tafeln opulent, und als der neue Kellner kommt, um zu kassieren, sagt der alte Pfarrer: »Wir haben bereits bei Ihrem Vorgänger bezahlt!«

Der junge: »Und auf das Wechselgeld warten wir immer noch!«

*

Der Kaplan fragt den Pfarrer, worüber er nächsten Sonntag predigen wolle.

»Ich dachte an die Tugend der Sparsamkeit«, sagt der Pfarrer.

Der Kaplan nüchtern: »Dann sollten wir die Kollekte wohl besser vorher einsammeln.«

*

Petrus will ein neues Himmelstor errichten lassen und bittet um Angebote. Als Erster meldet sich ein Pole und will dreitausend Euro: je tausend für die Arbeitszeit, für die Materialkosten und als Gewinn.

Als Zweiter kommt ein Italiener und fordert sechstausend Euro: je zweitausend für Arbeit und Material und als Gewinn.

Als Dritter kommt ein Deutscher und verlangt für gute deutsche Wertarbeit neuntausend Euro.

»Warum so viel?«, fragt Petrus entgeistert.

»Dreitausend sind für dich und dreitausend für mich«, erläutert der Deutsche seine Kalkulation. »Und für die restlichen dreitausend lassen wir den Polen die Arbeit machen.«

*

Ein Mann begibt sich zu einer Operation in ein katholisches Krankenhaus. Bei der Aufnahme fragt die Schwester: »Wünschen Sie Einzelzimmer und Chefarztbehandlung?«

»Was kostet das denn?«

»Hundert Euro pro Tag.«

»So viel Geld habe ich nicht.«

»Dann nehmen Sie doch ein Doppelzimmer und Behandlung durch den Oberarzt für fünfzig Euro am Tag.«

»Viel zu teuer. Ich bin ein armer Schlucker!«

»Haben Sie denn keine Angehörigen, die Ihnen das zahlen können?«

»Nein, ich habe nur eine Schwester im Kloster, und die ist noch ärmer als ich.«

»Aber nein, die ist doch nicht arm! Sie hat Jesus zum Bräutigam!«

»Gut! Dann nehme ich das Einzelzimmer mit Chefarztbehandlung, und die Rechnung schicken Sie bitte meinem Schwager.«

*

Eine Nagelfabrikant beauftragt eine Reklameagentur mit einer Werbekampagne. Die Agentur entwirft ein Plakat, das der Fabrikant aus Zeitmangel unbesehen genehmigt.

Am nächsten Tag erblickt er es auf der Fahrt ins Büro. Es zeigt Jesus am Kreuz mit der Aufschrift: »Unglaublich, was man mit unseren Nägeln alles machen kann!«

Entsetzt ruft der Fabrikant bei der Werbeagentur an und ordnet an, die Plakate sofort zu ändern.

Am nächsten Tag erblickt der Fabrikant auf der Fahrt ins Büro das neue Plakat. Diesmal liegt Jesus vor dem Kreuz, und der Text lautet: »Mit unseren Nägeln wäre das nicht passiert!«

*

Drei Pfarrer sprechen über die Aufteilung der Kollekte.

Sagt der erste: »Ich mache es ganz genau und teile das Geld auf einer Waage gleichmäßig auf. Den Inhalt der linken Schale behalte ich, was in der rechten liegt, gehört Gott.«

Meint der zweite: »Ich mache es mir leichter und teile das Geld einfach in zwei ungefähr gleichgroße Häufchen. Das eine ist für Gott, das andere behalte ich.«

Sagt der dritte: »Das ist alles viel zu umständlich! Ich werfe das ganze Geld einfach in die Luft, und was Gott sich schnappt, gehört ihm.«

Mehr Taufwasser bitte!

Das Politische

Angela Merkel ist gestorben. Der Erzengel Michael nimmt sie in Empfang: »Du hast die Wahl. Einen Tag wirst du in der Hölle sein und einen Tag im Himmel. Danach kannst du wählen, wohin du willst.«

Zuerst führt der Erzengel Angela Merkel in die Hölle. Dort trifft sie alle ihre Freunde, man spielt Golf und Tennis, es gibt Restaurants und Partys, der Teufel selbst lacht und feiert mit.

Am nächsten Tag führt der Engel Angela Merkel hinauf in den Himmel. Dort sitzen die Menschen in weißen Gewändern auf den Wolken und spielen Harfe, alles atmet ruhige Gelassenheit.

»Schön und gut«, sagt Angela Merkel, »aber ich entscheide mich für die Hölle.«

Der Erzengel Michael nimmt sie wieder mit nach unten. Kaum hat Angela Merkel die Tür zur Hölle passiert, packen sie zwei Hände und werfen sie ins Feuer. »Aber was ist mit dem Golf, den Restaurants, den Partys?!«, schreit sie.

»Das war vor der Wahl«, sagt der Teufel.

*

Weimarer Republik, nach den Reichstagswahlen. »Haben Sie denn auch als treue Katholikin die richtige Partei gewählt?«, fragt der Pfarrer ein altes, halb erblindetes Mütterchen.

»Ja, ja«, erwidert sie, »ich hab's schon recht gemacht und mein Kreuz dort hingemalt, wo ›Kommunion‹ stand.«

*

Auf einem Gipfeltreffen erscheint Gott Chinas Staatspräsidenten Hu Jintao, dem US-Präsidenten Barack Obama und Bundeskanzlerin Angela Merkel und verkündet: »Ich habe das Treiben der Menschen satt. Im Jahr 2013 mache ich endgültig Schluss. Sagt dies euren Völkern!«

Hu Jintao sagt in seiner Fernsehansprache: »Ich habe zwei schlechte Nachrichten. Erstens: Es gibt Gott. Zweitens: Die Welt geht im Jahr 2013 unter.«

Obama sagt: »Ich habe eine gute und eine schlechte Nachricht. Die gute: Es gibt Gott. Die schlechte: Die Welt geht im Jahr 2013 unter.«

Angela Merkel sagt: »Ich habe zwei gute Nachrichten. Erstens: Gott hat zu mir gesprochen. Zweitens: Ich bleibe Bundeskanzlerin bis zum Ende der Welt!«

*

Barack Obama fragt Gott: »Wie lange wird es dauern, bis die USA ihre Staatsverschuldung auf Null gebracht haben?«

Gott: »Fünfzig Jahre.«

Obama: »Da bin ich nicht mehr im Amt.«

Als Zweiter fragt Wladimir Putin Gott: »Wie lange wird es dauern, bis Russland wieder eine Supermacht ist?«

Gott: »Hundert Jahre.«

Putin: »Da bin ich nicht mehr im Amt.«

Danach fragt Angela Merkel Gott: »Wie lange wird es dauern, bis die Eurokrise überwunden ist?«

Gott: »Da bin ich nicht mehr im Amt!«

*

»Wie soll das Kind heißen?«, fragt der Pfarrer bei der Taufe.

»Karl Theodor Maria Nikolaus Johann Jacob Philipp Franz Joseph Sylvester!«

Der Pfarrer wendet sich an den Küster: »Mehr Taufwasser bitte!«

*

Gerhard Schröder ist gestorben und in die Hölle gekommen. Der Teufel stellt ihm die Wahl seiner Folter frei. Als Erstes führt er Schröder in einen Raum, dessen Boden von Glasscherben bedeckt ist. Die armen Sünder stecken mit dem Kopf voran in den Splittern.

Schröder möchte lieber etwas anderes. Also führt ihn der Teufel in den nächsten Raum: Dort ist der Boden mit glühenden Platten ausgelegt, und die armen Sünder kleben mit dem Kopf voran an ihnen.

Auch das gefällt Schröder nicht, weshalb ihn der Teufel in den dritten Raum führt. Der Boden ist knietief mit Scheiße bedeckt, aber die armen Sünder stehen frei herum und rauchen Zigaretten. Schröder überlegt kurz, findet, dass es so schlimm nicht sei, ewig in der Scheiße zu stehen, und entscheidet sich für diesen Raum. Der Teufel drückt ihm noch eine Kippe in die Hand und geht.

Fünf Minuten später ertönt eine Stimme: »Zigarettenpause vorbei, Leute! Grundstellung einnehmen!«

*

Die Siebziger. Mao Tse-tung ist gestorben und in den Himmel gekommen. Da man ihm nicht so richtig traut, wird Petrus mit seiner geistlichen Betreuung beauftragt. Nach einer Woche ruft Gott Petrus zu sich und fragt, wie sich Mao an die himmlischen Verhältnisse gewöhnt habe.

»Er benimmt sich gut«, sagt Petrus mit Nachdruck.

»Wirklich?«, fragt Gott.

»Ja, wirklich gut – er gibt uns allen ein verpflichtendes Vorbild, großer Vorsitzender.«

Der Papst ist sein Chauffeur

Der Stellvertreter

Der Kölner Kardinal stirbt und vermacht dem Papst seinen langjährigen Gefährten, einen Papagei. Jeden Morgen, wenn der Kardinal ins Zimmer trat, krächzte der Vogel: »Guten Morgen, Eminenz!« Das macht er nun auch, wenn der Papst sein Arbeitszimmer betritt: »Guten Morgen, Eminenz!«

Nach wenigen Wochen reicht es dem Papst, muss es doch korrekt »Guten Morgen, Eure Heiligkeit« heißen. Aber auf keine Weise gelingt es ihm, dem Papagei die korrekte Anrede beizubringen. Endlich beschließt der Papst, den Papagei durch den Augenschein zu überzeugen, und betritt in vollem Ornat mit Mitra, Hirtenstab und Fischerring, begleitet von der prachtvoll gekleideten Schweizer Garde, das Arbeitszimmer.

Der Papagei stutzt, dann schreit er begeistert flatternd: »Kölle Alaaf!«

*

Im Himmel steht der jährliche Betriebsausflug an. Man sammelt Vorschläge. Der erste: Betlehem. Maria wendet ein: »Ich weiß von früher, dass es äußerst schwer ist, dort eine Unterkunft zu finden.«

Zweiter Vorschlag: Jerusalem. Das lehnt Jesus ab: »Da habe ich ganz schlechte Erfahrungen gemacht.«

Nächster Vorschlag: Rom. Alle üben große Zurückhaltung, doch der Heilige Geist ist begeistert: »Herrlich, Rom! Da war ich noch nie!«

*

Stammkunde zum Friseur: »Diesmal schneiden Sie mir die Haare bitte besonders gut. Ich fliege nämlich mit der Alitalia nach Rom, steige im Grandhotel Adria ab und habe eine Audienz beim Papst.«

Darauf der Friseur: »Die Alitalia ist schlecht, das Adria eine Bruchbude, Rom zu dieser Jahreszeit langweilig, und bei der Audienz sind Sie einer unter Tausenden und werden ganz hinten stehen.«

Nach vier Wochen kommt der Stammkunde wieder zum Haare schneiden.

»Und, wie war's?«, fragt der Friseur.

»Der Flug war toll, das Hotel erstklassig, die Stadt ein Traum. Der Papst hat sich eine Viertelstunde mit mir unterhalten, und als er mir die Hand auf den Kopf legte, sagte er: ›Ihr Haarschnitt ist grässlich, Sie sollten sich einen anderen Friseur suchen.‹«

*

Der Papst reist im Auto durch eine menschenleere Gegend. Da sagt er zu seinem Fahrer: »Lassen Sie mich mal fahren.«

Der Chauffeur wehrt ab, doch der Papst beharrt, klemmt sich hinters Steuer und gibt Gas. Erst 60 Stundenkilometer, dann 80, 100, 120, 140 … da ertönt die Sirene einer Polizeistreife.

Der Papst hält an, und der Polizist klopft ans Fenster. Aber bevor der Papst ein Wort sagen kann, rennt der Polizist zu seinem Wagen zurück und funkt die Zentrale an: »Ich habe hier eine Geschwindigkeitsübertretung.«

»Ja, dann kassieren Sie!«

»Aber es ist eine wichtige Persönlichkeit.«

»Na und? Selbst wenn es ein Minister ist, kassieren Sie!«

»Aber er ist viel mehr als ein Minister!«

»Wer ist es denn?«

»Das weiß ich nicht, aber der Papst ist sein Chauffeur!«

*

Helmut Kohl hat eine Audienz bei Johannes Paul II. Er schüttelt dem Papst die Hand und sagt: »Heiliger Vater, alles Gute zum Namenstag.«

Der Papst ist verdutzt und fragt: »Danke, mein Sohn. Warum Namenstag? Heute ist weder Johannes noch Paulus!«

Darauf Helmut Kohl: »Aber der Zweite!«

*

Der Papst hat zum ersten Mal eine Sauna besucht. Davon ist er so begeistert, dass er gleich am nächsten Tag wieder in die Sauna will. Sein Sekretär warnt: »Eure Heiligkeit, morgen ist es eine gemischte Sauna!«

Der Papst winkt ab: »Ach, die paar Protestanten stören mich nicht.«

*

Ein Betrunkener setzt sich in der U-Bahn neben einen Pfarrer. Der Mann, mit Bierfahne, offenem Hemd und loser Krawatte, Spuren von Lippenstift in seinem Gesicht und einem halb aus der Hosentasche hängenden Kondom, zieht eine Zeitung aus seiner zerrissenen Jacke und liest. Nach ein paar Minuten fragt er den Pfarrer: »Wovon bekommt man eigentlich Rheuma?«

Der Pfarrer: »Vom unsoliden Lebenswandel, vom Alkohol, vom billigen Sex!« Der Pfarrer hält inne, weil er vielleicht zu schroff war, und fragt milder: »Seit wann haben Sie denn Rheuma, mein Sohn?«

Der Betrunkene: »Ich habe keins, aber in der Zeitung steht, dass der Papst Rheuma hat.«

*

Was macht eigentlich Günter Wallraff? Von dem hat man lange nichts mehr gehört.

Na, dann schau dir mal den Papst genauer an!

Bim! Bim!

Die Versuchung

Im Paradies. Adam ist unzufrieden und wendet sich an Gott: »O Herr, ich bin so einsam.«

Gott denkt kurz nach und sagt: »Du hast recht. Es ist nicht gut, dass der Mensch allein sei. Ich werde dir eine Frau verschaffen!«

»Was ist eine Frau, o Herr?«

»Das ist ein vollkommenes Wesen, das wunderbar aussieht, gut kocht, wenig spricht, dir jeden Wunsch von den Lippen abliest, einfühlsam und treu ist.«

»Das hört sich gut an«, sagt Adam, »was kostet mich der Spaß?«

»Du musst dafür deinen linken Arm, dein rechtes Bein, ein Auge und eine Niere geben.«

Adam schweigt, dann fragt er: »Was kriege ich denn für eine Rippe?«

*

Bald nach der Papstwahl wird ein Mitarbeiter des Vatikan gefragt, ob sich unter dem Neuen etwas am Zölibat ändern werde.

»Viel wohl kaum«, ist die Antwort, »aber vielleicht gibt's ein paar Erleichterungen.«

*

Zwei Pfarrer im Gespräch. Der eine klagt über die schlechten Zeiten: »Keine Hochzeiten mehr, keine Bestattungen mehr …«

»Stimmt«, pflichtet der andere bei, »und wenn man nicht ab und zu unter die Leute ginge, gäbe es auch keine Taufen mehr.«

*

Der Jungfrau Maria ist langweilig im Himmel. Sie fragt Gott: »Darf ich mal drei Tage auf die Erde?«

Gott: »Meinetwegen. Aber du musst mich jeden Abend anrufen!«

Am ersten Abend meldet sie sich: »Hallo, hier ist die Jungfrau Maria. Ich habe mir einen Minirock gekauft, ist das schlimm?«

»Nein, das ist nicht schlimm«, antwortet Gott.

Am nächsten Abend der zweite Anruf: »Hallo, hier ist die Jungfrau Maria. Ich war auf einer Party, ist das schlimm?«

»Nein, das ist nicht schlimm.«

Am dritten Abend wieder der Anruf: »Hallo, hier ist Maria, ist das schlimm?«

*

Gegenüber vom Kloster befindet sich ein Bordell. Eine Novizin wird beauftragt zu beobachten, wer das Etablissement besucht. Nach einer Zeit ruft sie: »Mutter Oberin! Eben ist der Bürgermeister rein!«

Die Oberin: »Siehst du, auch die Obrigkeit ist nicht gefeit vor der Sünde.«

Einige Zeit später: »Mutter Oberin! Eben ist der evangelische Pfarrer rein!«

»So ergeht es den Irrgläubigen. Auch sie erliegen den Verlockungen des Fleisches.«

Abermals einige Zeit später: »Mutter Oberin! Eben ist der katholische Pfarrer rein!«

Die Oberin erbleicht: »Da wird doch keiner gestorben sein?«

*

»Heidi lässt sich scheiden.«

»Wie, die ist doch so religiös?«

»Eben! Sie liebt seit einiger Zeit ihren Nächsten.«

*

In München explodiert eine Weißwurstfabrik. Eine Weißwurst fliegt bis hinauf zu Petrus. Der rätselt, was das sein könne, und geht zu Gott: »Weißt du, was das hier ist?«

»Keine Ahnung«, sagt Gott, »aber frag mal Jesus, der war immerhin 30 Jahre dort unten!«

Petrus fragt also Jesus: »Weißt du, was das hier ist?«

Jesus nimmt die Wurst in die Hand, schüttelt den Kopf und sagt: »Tut mir leid. Als ich unten war, gab's das noch nicht. Aber frag doch Maria, die war ein ganzes Leben dort unten!«

Also fragt Petrus Maria: »Weiß du, was das hier ist?«

Maria nimmt die Wurst in die Hand, betrachtet sie und sagt: »Also genau kann ich dir nicht sagen, was das ist. Aber es fühlt sich an wie der Heilige Geist!«

*

Zwei kleine Mädchen unterhalten sich.

Die eine: »Du, der Papst hat die Antibabypille verboten.«

Die andere: »Was ist denn das, ein Papst?«

*

Religionsunterricht. Der Lehrer: »Heute erkläre ich euch, wie der erste Mensch entstanden ist.«

Meldet sich Fritzchen: »Interessanter wäre es zu wissen, wie der dritte Mensch entstanden ist.«

*

Ein Witwer will wieder heiraten, aber der Pfarrer wendet ein: »Deine Frau ist erst seit einem halben Jahr tot, und alt bist du außerdem.«

»Herr Pfarrer«, versetzt der Mann, »wozu brauchen Sie denn Ihre Haushälterin?«

»Na, zum Kochen, Waschen, Putzen etc.«

»Eben, Herr Pfarrer, wegen dieses etc. möchte ich wieder heiraten.«

*

Zwei bejahrte Prälaten machen Urlaub auf Sylt. Während eines Strandspaziergangs stoßen sie auf einen Bretterzaun, auf dem mit großen Buchstaben steht: »FKK«.

»Was heißt denn das?«, fragt der eine.

»Weiß ich nicht, aber wir können ja mal nachschauen«, antwortet der andere. Er hangelt sich ächzend am Zaun in die Höhe. Plötzlich ruft er: »Du lieber Himmel, hier sind lauter nackte Menschen!«

»Was?!«, sagt der andere, »Männer und Frauen?«

»Weiß nicht. Sie haben ja keine Kleider an.«

*

Ein Pfarrer und ein Rabbi gehen spazieren. Es ist ein heißer Sommertag, und als sie an einen See kommen, ziehen sie sich splitternackt aus und springen ins kühle Nass. Als sie wieder aus dem Wasser steigen, kommt eine Gruppe Wanderer vorbei. Der Pfarrer hält die Hände vor seine Blöße, der Rabbi aber bedeckt sein Gesicht.

Der Pfarrer wundert sich: »Warum das?!«

Der Rabbi: »Meine Gemeinde erkennt mich am Gesicht.«

*

Der Pfarrer predigt über die Zehn Gebote. Bei dem Satz »Du sollst nicht stehlen« sieht er, wie ein Mann zusammenzuckt und seine Nachbarn verstohlen mustert. Er wirkt unruhig, bis der Pfarrer zu dem Gebot kommt: »Du sollst nicht ehebrechen.« Da lehnt sich der Mann entspannt zurück und lauscht wieder andächtig der Predigt. Nach dem Gottesdienst fragt ihn der Pfarrer nach dem Grund.

Der Mann erklärt: »Als Sie sagten: ›Du sollst nicht stehlen‹, fiel mir plötzlich auf, dass mein Regenschirm verschwunden war. Als Sie aber sagten: ›Du sollst nicht ehebrechen‹, wusste ich wieder, wo ich ihn vergessen hatte.«

*

Eine Nonne ist beim Frauenarzt. Der will sich einen Jux machen und eröffnet ihr: »Sie sind kerngesund, aber – und herzlichen Glückwunsch! – Sie sind schwanger.«

Die Nonne erbleicht und verlässt sofort die Praxis.

Abends erzählt der Arzt seiner Frau von seinem Scherz. Sie kann darüber nicht lachen und appelliert an sein Gewissen. Er entschließt sich, die Sache richtigzustellen, und ruft im Kloster an, wo sich die Äbtissin meldet.

Der Arzt: »Heute war eine Ihrer Nonnen in meiner Praxis. Kann ich Sie bitte nochmal sprechen?«

Die Äbtissin: »Tut mir leid, aber das ist im Moment nicht möglich. Worum geht es denn?«

Der Arzt erzählt ihr von dem Streich, den er der Nonne gespielt habe, und entschuldigt sich dafür. Darauf die Äbtissin: »Ihre Entschuldigung kommt ein wenig zu spät. Der Herr Bischof hat sich vor zwei Stunden erschossen!«

*

Zwei alte Schulfreundinnen treffen sich nach Jahren wieder. Die eine wurde Prostituierte, die andere ging ins Kloster. Die Nonne fragt: »Wie geht's dir denn?«

Antwortet die Prostituierte: »Siehst du meine goldene Armbanduhr? Die hat mir ein Direktor geschenkt, sozusagen für geleistete Dienste! Und die goldene Halskette mit den großen Klunkern, die hat mir ein Politiker geschenkt, für meine gute Arbeit! Und siehst du draußen den roten Flitzer? Den habe ich von einem Konzernchef!«

Als die Nonne abends in ihrer Klause betet, klopft es an der Tür. Verärgert ruft die Gottesdienerin: »Nein, Bischof! Ich mache nicht auf! Heute kannst du deine Bonbons selber essen!«

*

Regelmäßig kommt ein fremder Mann und verschwindet mit Mama im Schlafzimmer. Eines Tages versteckt sich der kleine Sohn im Kleiderschrank, um zu sehen, was die beiden machen. Da kommt der Ehemann überraschend nach Hause. Schnell versteckt die Frau den Liebhaber ebenfalls im Schrank.

Der Sohn: »Dunkel hier drin.«

Der Mann flüstert: »Stimmt.« »Ich habe einen Fußball.«

»Schön für dich.«

»Willst du den kaufen?«

»Nein, vielen Dank.«

»Mein Vater ist draußen.«

»Gut, wie viel?«

»200 Euro.«

In der nächste Woche landen Sohn und Liebhaber abermals im Schrank.

Der Sohn: »Dunkel hier drin.«

Der Mann: »Stimmt.«

»Ich habe Fußballschuhe.«

»Wie viel?«

»500 Euro.«

Nach ein paar Tagen sagt der Vater zu seinem Sohn: »Nimm deine Fußballsachen, du hast heute Training!«

Der Sohn: »Geht nicht, ich habe alles verkauft.«

»Für wie viel?«

»700 Euro.«

Der Vater ist fassungslos: »Ungeheuerlich, wie du deine Freunde übers Ohr haust! Das ist viel mehr, als die Sachen jemals gekostet haben. Ich werde dich zum Beichten in die Kirche bringen.«

Der Vater geht mit seinem Sohn zur Kirche, setzt ihn in den Beichtstuhl und schließt die Tür.

Der Sohn: »Dunkel hier drin.«

Der Pfarrer: »Hör auf mit der Scheiße!«

Ein katholischer Pfarrer will in Urlaub fahren und bittet seinen evangelischen Kollegen, ihn zu vertreten. Er schreibt ihm auf, was er alles zu tun hat, und bei der Beichte soll er sich an der Liste orientieren, auf der die Bußen für die diversen Vergehen notiert sind.

Kommt der erste Sünder: »Pater, vergebt mir, ich habe gesündigt. Ich habe im Traum mit der Frau meines Nachbarn geschlafen.«

Der Vertreter schaut auf die Liste und sagt: »Bete ein Vaterunser, und dir ist vergeben.«

Kommt der nächste: »Pater, vergebt mir, ich habe gesündigt. Ich hatte Geschlechtsverkehr vor der Ehe.«

Ein Blick auf die Liste: »Bete zehn Vaterunser, und dir ist vergeben.«

Kommt wieder einer: »Pater, vergebt mir, ich habe gesündigt. Ich hatte Analverkehr.«

Der Vertreter schaut auf die Liste, aber dort steht nichts über Analverkehr. Kurzentschlossen fragt er den Ministranten, der gerade am Beichtstuhl vorbeiläuft: »He, was gibt's denn für Analverkehr?«

Der Junge: »Och, mal ein Snickers, mal ein Mars.«

*

Ein fetter Bischof in seiner Amtstracht und ein Brigadegeneral in Uniform stehen auf dem Bahnsteig. Der Bischof ärgert sich über den eitel umherstolzierenden General und fragt ihn scheinheilig: »Herr Schaffner, kommt der Fernzug nach Paris auch pünktlich?«

Der Brigadegeneral gelassen: »Normalerweise ja, meine Dame. Aber in Ihrem Zustand sollten Sie nicht mehr nach Paris fahren!«

*

Drei katholische Pfarrer verirren sich auf einem gemeinsamen Ausflug. Kurz vor Einbruch der Nacht finden sie ein Nonnenkloster und bitten die Äbtissin um ein Nachtlager. Sie ist einverstanden, möchte die Pfarrer ungeachtet ihres Standes aber einem Keuschheitstest unterziehen. Die Pfarrer müssen sich ausziehen und ein Glöckchen um ihr bestes Stück binden. Anschließend lässt sie einige nackte Nonnen vorbeigehen. Erste nackte Nonne ... zweite nackte Nonne ... dritte nackte Nonne ... bim! bim!

Die Äbtissin wirft Pfarrer Nummer eins hinaus. Vierte nackte Nonne ... fünfte nackte Nonne ... sechste nackte Nonne ... bim! bim! Auch der zweite Pfarrer wird an die Luft gesetzt. Siebte nackte Nonne ... achte nackte Nonne ... neunte nackte Nonne ...

»Prima!«, sagt die Äbtissin, »Sie haben bestanden. Aber sicherheitshalber schlafen Sie beim Gärtner.« Bim! Bim!

*

Polizeikontrolle. Ein Auto mit zwei katholischen Priestern in vollem Ornat stoppt. Der Polizist schaut in die Fahrerkabine und stammelt: »Oh, Entschuldigung, Hochwürden – wir suchen zwei Kinderschänder.«

Die Scheibe geht hoch, die beiden Insassen reden kurz. Dann geht die Scheibe wieder runter, und der Fahrer sagt: »Okay, wir machen's.«

*

Kommt ein Mann zur Beichte. »Herr Pfarrer, ich habe gesündigt. Ich habe mit der Frau meines Freundes geschlafen.«

»Wie oft, mein Sohn?«

»Herr Pfarrer, ich bin gekommen, um zu beichten, nicht, um zu prahlen.«

*

Ein junger Mann gesteht bei der Beichte, dass er gegen das sechste Gebot »Du sollst nicht ehebrechen« verstoßen habe. Aber er weigert sich anzugeben, mit wem er gesündigt hat. Der Pfarrer kennt die Schäfchen seiner Gemeinde nur zu gut und will ihm helfen: »War es die Frau vom Bäcker?«

»Nein, die nicht.«

»War es vielleicht die Frau vom Tischler?«

»Nein, die auch nicht.«

»Dann war es vielleicht die Frau vom Fleischer?«

»Nein.«

Da der junge Mann sich weiterhin verschlossen zeigt, muss er den Beichtstuhl ohne Absolution verlassen. Draußen trifft er einen Freund.

»Warst du etwa beichten?!«, fragt der, »und bist du deine Sünden losgeworden?«

»Das nicht, aber drei erstklassige Tipps habe ich bekommen.«

*

Ein katholischer Pfarrer beklagt sich bitter bei einem Kollegen: »Da behaupten die Leute immer, wir könnten keine Kinder erziehen, weil wir selbst keine hätten. Das ist aber gar nicht wahr!«

Owi lacht

Der Kinderglaube

Im kirchlichen Kindergarten. Die geistliche Schwester gibt den Kleinen ein Rätsel auf: »Was wird das wohl sein: Es ist braun, hat einen langen, buschigen Schwanz und springt im Wald von Ast zu Ast?«

Meldet sich Fritzchen: »Eigentlich müsste das ein Eichhörnchen sein, aber wie ich den Laden hier kenne, ist es bestimmt das liebe Jesulein.«

*

Zwei Jungen haben Nüsse geklaut und schlüpfen in die gerade offen stehende Leichenhalle, um die Beute zu teilen. Vor der Tür verlieren sie noch zwei ihrer Nüsse. Dann hört man sie murmeln: »Eine für dich, eine für mich, eine für dich, eine für mich ...«

Der Küster kommt vorbei, und ihm sträuben sich die Haare! Er läuft zum Pfarrer: »In der Leichenhalle spukt es. Da handelt Gott mit dem Teufel die Seelen aus!«

Der Pfarrer schüttelt den Kopf und geht mit dem Küster zur Leichenhalle.

»Eine für dich, eine für mich, eine für dich, eine für mich. So, das sind alle! Jetzt holen wir noch die beiden vor der Tür!«

*

Der Lehrer erzählt den Kindern im Religionsunterricht von der Verkündigung Mariä: »Maria sitzt in ihrer Kammer, als sich plötzlich die Tür auftut, und herein tritt mit zwei langen weißen Flügeln ...«

»Ich weiß schon, ich weiß schon!«, meldet sich ein kleines Mädchen, »das war der Klapperstorch!«

*

»Du hast ja einen Engel mit drei Flügeln gemalt!«, sagt der Pfarrer im Kommunionsunterricht zu einem Kind, »hast du schon mal einen dreiflügeligen Engel gesehen?!«

»Nein, aber haben Sie schon mal einen mit zwei Flügeln gesehen?«

*

Weihnachtszeit. Die Kinder sollen ein Bild malen mit Stern, Stall, dem Jesuskind in der Krippe usw. Ein kleines Mädchen ist besonders eifrig bei der Sache.

Als der Lehrer vorbeikommt, sagt er: »Das Bild ist aber schön. Nur wer ist das kleine Männchen, das da so lustig lacht?«

Das Mädchen: »Das ist der Owi!«

»Der Owi?! Wer ist denn Owi?«

»Aber Herr Lehrer, wir haben doch gerade gesungen: ›Stille Nacht, heilige Nacht. Alles schläft, Owi lacht!‹«

*

Der Pastor prüft einen Firmling über die Sakramente: »Erste Frage: Was sind die sichtbaren Zeichen beim heiligen Abendmahl?«

»Brot und Wein.«

»Zweite Frage: Was sind die sichtbaren Zeichen bei der Taufe?«

Der Firmling hat eine Reihe jüngerer Geschwister, kann also auf praktische Erfahrung zurückgreifen: »Kaffee und Kuchen!«

*

Lehrer: »Warum ging Johannes der Täufer hinaus in die Wüste?«

Schüler: »Weil er gern Heuschrecken und wilden Honig aß.«

*

Der Sohn kommt vom Konfirmationsunterricht nach Hause. »Na, was hat euch der Pfarrer erzählt?«, fragt die Mutter.

»Also, er hat vom Krieg zwischen den Israelis und den Ägyptern erzählt.«

»Im Religionsunterricht?!«

»Ja, er hat gesagt, die Israelis wollten durch das Rote Meer. Sie steigen in die Landungsboote, aber da greift die ägyptische Armee an. Darauf schickt Tel Aviv eine Fliegerstaffel und amphibische Panzer. Die Ägypter werden zurückgeschlagen, und die Israelis überqueren das Meer.«

»So hat er euch die Geschichte erzählt?«

»Nein, nicht ganz so. Aber wenn ich sie dir so wiedergebe, wie er sie wirklich erzählt hat, würdest du kein Wort glauben.«

*

Begeistert kommt der Sohn aus der Bibelstunde nach Hause: »Mama, ab heute reden wir nur noch in Bibelworten miteinander!«

Die Mutter ist einverstanden. Am nächsten Morgen weckt sie ihren Sohn: »Jüngling, ich sage dir: Steh auf!«

Aus dem Bett kommt die Antwort: »Frau, meine Stunde ist noch nicht gekommen!«

*

Ständig werden dem Pastor Äpfel aus dem Obstgarten geklaut. Er stellt ein Schild auf: »Gott sieht alles!« Am nächsten Tag steht darunter: »Aber er petzt nicht!«

*

»Was«, fragt der Religionslehrer, »müsst ihr als Erstes tun, damit euch eure Sünden vergeben werden?«

Schüler: »Sündigen!«

*

Der Pfarrer fragt in der Konfirmationsstunde ab: »Ist Gottvater Gott?«

»Ja.«

»Ist Gottes Sohn Gott?«

»Keine Ahnung, aber beim Tod seines Vaters wird er es wohl werden.«

*

»Wo hast du denn das Eis her?«, wundert sich Fritzchens Mutter.

Fritzchen: »Das habe ich mir von dem Euro gekauft, den du mir gegeben hast.«

»Aber der war doch für die Kirche bestimmt!«

»Weiß ich. Aber dort war der Eintritt kostenlos.«

*

Fritzchen kommt aus dem Kindergottesdienst. Seine Mutter fragt ihn, was er gelernt habe.

Fritzchen: »Gott ist ein Quirl!«

Die Mutter meint, das könne nicht sein, aber Fritzchen beharrt darauf. Also trägt sie ihm auf, am nächsten Sonntag noch mal nachzufragen.

Eine Woche später erkundigt sich die Mutter bei Fritzchen: »Na, wie ist das nun mit dem Quirl?«

»Ja, ja, du hast ja recht, Gott ist der Schöpfer – aber ich wusste, dass es was aus der Küche ist.«

*

Im Religionsunterricht fragt der Lehrer: »Was sagt euch der Name Pontius Pilatus?«

Meldet sich ein Schüler: »Pontius Pilatus, das ist wohl eine Krankheit.«

Lehrer: »Wie kommst du denn darauf?!«

»Na, es heißt doch: gelitten unter Pontius Pilatus.«

*

Im Religionsunterricht will der Lehrer mit den Kleinen über das Abendgebet sprechen: »Fritzchen, was machst du vor dem Schlafengehen?«

»Ich putze mir die Zähne.«

»Schön, und was machst du vor dem Einschlafen?«

»Ich lese noch im Bett.«

»Gut, aber das meine ich nicht«, sagt der Lehrer und versucht es anders: »Was machen denn deine Eltern vor dem Einschlafen?«

»Herr Lehrer, Sie wissen es, ich weiß es, aber sagen Sie: Ist das eine Frage für die erste Klasse?«

*

Der Pfarrer zu dem Kleinen: »Wie ich hörte, spricht deine Mutter jeden Abend ein Gebet für dich. Das ist gut. Was sagt sie denn in dem Gebet?«

Der Kleine: »Gott sei Dank, jetzt ist er im Bett.«

*

»Wie heißt das siebente Gebot?«, fragt der Religionslehrer.

Schüler: »Sie sollen nicht stehlen!«

»Na, richtiger wäre: Du sollst nicht stehlen.«

»Ich wusste nicht, dass ich Sie duzen darf.«

*

Lehrer: »Nenn mir fünfzehn Gestalten aus der Bibel!«

Schüler: »Jesus, Joseph, Maria und die zwölf Apostel.«

*

»Nenn mir drei Tiere aus der Arche Noah!«

»Zwei Löwen und ein Elefant.«

Ka-ka-ka-

Und die Bibel hat doch recht

Wenn Gott eine Frau wäre: Was hätte er nach dem »Es werde Licht« gesagt?

»Wie sieht es denn hier aus?!«

*

Psychiater: »Wenn ich Ihnen helfen soll, müssen Sie mir alles von sich erzählen. Fangen Sie ganz von vorne an!«

»Am Anfang schuf ich Himmel und Erde.«

*

Ein Chirurg, ein Architekt und ein Politiker streiten sich, welcher Beruf der älteste sei.

Der Chirurg: »Meiner, denn Gott hat Adam in den Schlaf versetzt und ihm eine Rippe herausgenommen: der erste chirurgische Eingriff unter Narkose.«

Der Architekt: »Aber bevor Gott Mann und Frau erschuf, baute er aus dem Chaos die Welt nach seinem Plan, seinem Bauplan: eine gewaltige architektonische Leistung.«

Darauf der Politiker: »Und wer, meint ihr, hat das Chaos gemacht?!«

*

Noah fragt seine Frau: »Sag mal, hatten wir nicht zwei Gänse mitgenommen? Ich habe eben durchgezählt und nur eine gesehen!«

»Natürlich nur eine!«, versetzt seine Frau. »Hast du denn ganz vergessen, dass wir Weihnachten hatten?«

*

Ein Maurer, ein Gärtner und ein Elektriker streiten sich, welcher Beruf der älteste sei.

Der Maurer protzt: »Meiner, denn ich habe den Turm zu Babel gemauert!«

Der Gärtner trumpft auf: »Nein, meiner, denn ich habe den Garten Eden angelegt.«

Der Elektriker winkt ab: »Ach was! Als Gott sprach: ›Es werde Licht!‹, da hatte ich vorher schon die Leitungen verlegt!«

*

Am Ende seiner Schöpfung angelangt, spricht Gott zu Adam: »Ich bin mit meinem Werk ja durchaus zufrieden, aber ein paar Fehler sind mir unterlaufen.«

Welche das seien, will Adam wissen.

»Ich habe dir ein Gehirn und einen Penis geschenkt.«

»Was ist daran schlecht?«

»Du kannst immer nur das eine oder das andere benutzen.«

*

»Wir müssen die Kriminalitätsrate senken!«, fordert der Innenminister.

»Was wollen Sie?«, sagt der Polizeichef. »Wir haben doch viel erreicht, seit es unter der männlichen Bevölkerung fünfzig Prozent Mörder gab.«

»Wann soll das denn gewesen sein?«

»Zur Zeit von Kain und Abel.«

*

Und siehe, Moses stieg auf einen Berg, und ihm erschien ein Engel. Und der Engel sprach: »Fürchtet euch nicht! Euch ist ein Heil ... Mist, ich bin zu früh!«

*

Moses steigt vom Berg Sinai herab, um dem Volk Gottes Botschaft zu verkünden: »Leute, ich habe eine gute und eine schlechte Nachricht. Die gute: Ich hab ihn runter auf zehn. Die schlechte: Ehebruch ist immer noch dabei!«

*

Ein amerikanischer Jude: »Die ganze Geschichte ist doch überhaupt blöd gelaufen. Und das alles nur, weil Moses gestottert hat. Da ruft er den Kindern Israel zu: ›Los geht's! W-w-wir z-z-ziehen i-ins ge-ge-gelo-lobte Llland, nnnach Ka-, nach Ka-, nach Ka-ka-ka-.‹

Da wird er von seinen Leuten unterbrochen: ›Gut, gehen wir also nach Kanaan.‹ Dabei wollte Moses Kalifornien sagen.«

Der Mehrtürer

O Jesus!

Der Frauenarzt nach der Untersuchung zu der jungen Dame: »Nun, liebe Frau, wenn Sie heute Abend Ihren Mann sehen ...«

»Ich bin nicht verheiratet, Herr Doktor.«

»Gut, wenn Sie also heute Abend Ihren Verlobten sehen ...«

»Ich bin nicht verlobt.«

»Auch gut, dann eröffnen sie eben Ihrem Freund ...«

»Ich habe keinen Freund und überhaupt nie in meinem Leben etwas mit einem Mann gehabt!«

Da steht der Arzt nachdenklich auf, geht zum Fenster und schaut hinaus.

Fragt die Patientin: »Herr Doktor, warum schauen Sie so angespannt aus dem Fenster?«

Der Arzt: »Ich warte. Beim letzten Mal, als so etwas passierte, ging ein Stern im Osten auf.«

*

Maria und Joseph suchen in Betlehem dringend ein Zimmer, doch überall ist ausgebucht. Schließlich versuchen sie es in einer schäbigen Absteige am Stadtrand. Der Wirt mürrisch: »Was wollen Sie?«

»Wir brauchen ein Doppelzimmer.«

»Nichts frei.«

»Aber meine Frau ist in anderen Umständen!«

»Na und?«, raunzt der Wirt, »damit habe ich doch nichts zu tun!«

Joseph: »Ich etwa?!«

*

Betlehem. Die Hirten auf den Feldern haben den Stall gefunden, wo das neugeborene Kindlein liegt. Sie öffnen die Tür und sehen die heilige Familie im Dämmerlicht der Kerzen. Sanft ruft Joseph: »Tretet ein!«

Der Stall ist mit Stroh ausgelegt, und keiner sieht den Rechen darin. Ein Hirte tritt darauf, und der Stiel trifft ihn ins Gesicht. »Jesus!!«, schreit er.

»Das ist eine gute Idee!«, ruft Joseph, »wir hatten schon gedacht, ihn Karl-Heinz zu nennen.«

*

Ein Elektriker installiert in einer katholischen Kirche eine Lautsprecheranlage und sieht in einer Nische vor einem Marienbild ein altes Mütterchen inbrünstig den Rosenkranz beten. Er will sich einen Spaß machen und ruft ins Mikrofon: »Hier spricht Jesus! Bekenne deine Sünden!«

Die Alte reagiert nicht und betet weiter ihren Rosenkranz. Die ist wohl schwerhörig, denkt der Elektriker und versucht es lauter: »Hier spricht Jesus!! Bekenne deine Sünden!«

Wieder reagiert die Alte nicht. Da versucht es der Elektriker ein drittes Mal und schreit: »Hier spricht Jesus!!! Bekenne deine Sünden!«

Da steht die alte Frau auf und schilt: »Halt den Mund! Ich spreche gerade mit deiner Mutter!«

*

Jesus trifft zwei Kiffer, die einen Joint rauchen. Er fragt: »Was habt ihr da?«

»Einen Joint. Probier mal!«

Jesus nimmt einen tiefen Zug und ruft verzückt: »Danke, Jungs! Ich bin übrigens Jesus.«

Schreit einer der Kiffer begeistert: »Yeah, Mann, yeah! So soll's sein!«

*

Eine Ehebrecherin soll gesteinigt werden. Doch Jesus fährt dazwischen: »Wer von euch ohne Sünde ist, werfe den ersten Stein!«

Da fliegt Jesus ein Stein an den Kopf. Wütend dreht er sich um: »Mutter, du nervst!«

*

Jesus und Moses golfen. Jesus muss über einen Teich spielen. Moses warnt: »Das schaffst du nie!«

Jesus tönt: »Bernhard Langer kann das, also kann ich das auch.« Aber der Ball landet im Teich. Beschämt bittet Jesus Moses, den Ball zu holen. Der geht ans Ufer, teilt das Wasser und bringt den Ball zurück. Jesus legt ihn sich sofort wieder hin, nuschelt etwas von Bernhard Langer und schlägt erneut ab – wieder landet der Ball im Teich. Auf sein Bitten holt Moses abermals den Ball und ersucht Jesus dringend, es sein zu lassen. Aber Jesus bleibt stur, weist wieder auf Bernhard Langer hin und schlägt ab – der Ball landet im Teich.

»Jetzt kannst du dir den Ball selber holen!«, raunzt Moses. Also geht Jesus über das Wasser und sucht nach dem Ball.

Da kommt jemand vorbei und fragt Moses: »Wer ist denn der Mann auf dem Teich? Ist das etwa Jesus?«

Sagt Moses: »Nein, der denkt, er sei Bernhard Langer.«

*

Nach dem letzten Abendmahl erscheint der Kellner und fragt: »Alles zusammen?«

»Nein«, sagt Judas. »Bitte getrennt.«

*

Ein Christ und ein Atheist treffen sich. Fragt der Christ: »Was bedeutet dir Jesus?«

Der Atheist: »Ach, der ist für mich gestorben.«

Der Christ: »Ja, für mich auch!«

*

Was haben eine Mercedes-Limousine und Jesus gemeinsam?
Beide sind Mehrtürer.

*

Kaiphas fährt Joseph von Arimathäa an: »Was, du hast diesem Galiläer dein Grab geborgt?!«

»Ja, hab ich ... aber nur übers Wochenende.«

*

Jesus ist wiederauferstanden. Die Menschen toben vor Begeisterung. Jesus wiederholt wegen des großen Erfolgs seine berühmtesten Wunder. Er macht Wein aus Wasser, teilt ein Brot an alle aus, und schließlich will er wieder über den See Genezareth wandern. Doch nach den ersten Schritten geht er unter.

Meint ein Jünger: »Also ohne die Löcher in den Füßen hat er das besser gekonnt.«

*

Ein Amerikaner bereist mit seiner Frau und der Schwiegermutter Israel, um die Stätten Jesu zu besuchen. Da stirbt die Schwiegermutter. Man erklärt dem Amerikaner, man könne den Leichnam für zehntausend Euro in die USA überführen oder für fünfhundert Euro hier in Israel beisetzen.

Der Mann ohne langes Nachdenken: »Sie wird überführt!«

Bestatter: »Sind Sie sicher? Das kostet sehr viel, und eine würdige Trauerfeier würden wir auch hier abhalten können.«

»Nein! Vor zweitausend Jahren wurde hier jemand beerdigt, der nach drei Tagen wiederauferstand. Das Risiko gehe ich nicht ein!«

*

Jesus beklagt sich bei Gott über sein Erdenschicksal. Gott hat ein Einsehen und sagt: »Na gut, du sollst auch die schönen Seiten des Lebens kennenlernen!«

Schon findet sich Jesus in einem Bordell wieder. Hinterher fragt sie ihn: »Wie heißt du eigentlich?«

»Jesus von Nazareth.«

»Nie gehört, aber bumsen kannst du wie ein junger Gott.«

*

Jesus spaziert im Himmel herum und sieht plötzlich einen alten Mann, der ihm bekannt vorkommt.

»Wie heißt du?«, fragt er.

»Joseph!«, sagt der Alte.

»Und was tatest du in der anderen Welt?«

»Ich war Tischler.«

»Und hast du einmal einen Sohn verloren?«

»Ja.«

»Vater!«, ruft Jesus.

»Pinocchio!«, schreit der Alte.

*

Ein katholischer Theologieprofessor behandelt in seiner Vorlesung alle Stufen und Ordnungen der römischen Hierarchie: das umfassende Recht des Papstes, die Vorrechte der Kardinäle, die Privilegien der Erzbischöfe, die Rechte der Bischöfe, die Bedeutung der verschiedenen Weihen zum Priester, Diakon und Subdiakon, ferner die unterschiedliche Stellung der Äbte usw. usf.

Am nächsten Tag findet der Professor in seinem Postfach einen Zettel: »Was würde Christus dazu sagen?«

»Was würde Christus dazu sagen?«, murmelt der Professor bedächtig. »Nun, ich denke, er würde sich etwa folgendermaßen äußern: Kinder, würde er sagen, ihr habt euch gut entwickelt.«

*

Im Himmel sind Wahlen. Es gehört sich, dass alle die christliche Einheitspartei wählen. Doch die Auszählung fördert eine sozialistische Stimme zutage. Wer war der Sünder? Es kann nur der heilige Josef gewesen sein, der Patron der Werktätigen. Er wird zur Rede gestellt. »Natürlich war ich das«, bekennt der heilige Joseph freimütig, »und wenn ihr hier keine Opposition zulassen wollt, nehme ich meine Frau und das Kind aus dem Betrieb, und dann könnt ihr den Laden dichtmachen!«

*

Der Papst ist gestorben und kommt ans Himmelstor. Petrus fragt, wer er sei.

»Ich bin der Papst!«

»Papst ... Papst ...«, murmelt Petrus, »ich habe niemanden mit diesem Namen in meinem Buch.«

Der Papst erklärt: »Ich bin der Vertreter des Christentums auf Erden!«

Da Petrus den Mann nicht kennt, holt er Gott an das Himmelstor. Doch auch Gott weiß von nichts und lässt Jesus kommen. Der unterhält sich mit dem Bittsteller und dreht sich schließlich lachend zu Gott und Petrus um: »Stellt euch vor, der Anglerverein, den ich vor 2000 Jahren gegründet habe, den gibt's immer noch!«

*

Ein katholischer Archäologe berichtet dem Papst aufgeregt von seiner Grabungskampagne in Jerusalem: Er habe das Grab Jesu gefunden.

»Das ist ja großartig!«, freut sich der Papst.

Der Archäologe dämpft die Begeisterung: »Na ja, das Grab war nicht leer. Jesu Skelett lag darin.«

Kurzes betretenes Schweigen, dann: »Wunderbar, er hat also tatsächlich gelebt!«

Gibt es Seeungeheuer?

Der Unglaube

Der Schulrat hospitiert im Religionsunterricht. Ihm fällt ein Schüler in der letzten Bank auf, der stets die richtige Antwort weiß. Nach der Stunde lässt sich der Schulrat das Notenbuch des Lehrers zeigen und stutzt, weil ausgerechnet für dieses Kind nichts als Fünfer eingetragen sind.

Erstaunt fragt er den Lehrer: »Der Schüler hat doch alle Fragen richtig beantwortet!«

»Gewiss!«, sagt der Lehrer, »er weiß alles – aber er glaubt es nicht.«

*

Ein gläubiger Christ ist oft auf Geschäftsreise. Die Zeit im Zug nutzt er, um in der Bibel zu lesen. Eines Tages sitzt er in seinem Abteil einem Atheisten gegenüber.

»Sie glauben doch nicht wirklich all das Zeug?«, fragt der.

»Selbstverständlich«, erwidert der Gläubige.

»Auch das von Jona, der von einem Wal verschlungen wird? Wie soll er denn in dem Wal überlebt haben?«

»Das weiß ich nicht«, sagt der Gläubige. »Aber ich frage ihn, wenn ich in den Himmel komme.«

»Und wenn er dort nicht ist?«, höhnt der Atheist.

»Dann«, sagt der Gläubige, »können Sie ihn fragen.«

*

»Ich glaube an gar nichts! Ich bete nicht, ich gehe in keinen Gottesdienst, Gott kann mir gestohlen bleiben …«

»Warum trägst du dann diese Halskette mit dem Kreuz?«

»Na ja, ich könnte mich irren.«

*

Ein Atheist angelt auf dem See. Plötzlich wird sein Boot von einem riesigen Seeungeheuer angegriffen. Mit einem einzigen Flossenhieb schleudert es das Boot mit dem Mann dreißig Meter hoch in die Luft und klappt sein gigantisches Maul auf, um die Beute zu verschlucken.

Kopfüber stürzt der Mann darauf zu und schreit: »O Gott! Hilf mir!«

Mit einem Mal erstarrt die Szene, und eine Stimme dröhnt aus den Wolken: »Ich dachte, du glaubst nicht an mich!«

Der Atheist: »Gott, verzeih mir! Bis eben glaubte ich auch nicht an Seeungeheuer!«

*

Der Pastor spaziert durch sein Dorf und bleibt an einem wunderschönen Garten stehen.

Voller Lob wendet er sich an den Mann, der sich darin zu schaffen macht: »Ihr Garten ist ein echtes Paradies! Da hat Ihnen unser Herrgott einen herrlichen Ort geschenkt und lauter schöne Blumen und Pflanzen wachsen lassen.«

»Gewiss«, versetzt der Gärtner, »aber Sie hätten den Garten mal sehen sollen, als ihn unser Herrgott ganz allein bewirtschaftet hat!«

*

Zwei Penner sitzen in der U-Bahn einer Nonne gegenüber, die einen Gipsfuß hat.

Fragt der eine Penner: »Wie ist das passiert?«

»Ich bin in der Badewanne ausgerutscht.«

Wendet sich der zweite Penner an den ersten: »Was ist denn eine Badewanne?«

»Keine Ahnung, ich bin nicht katholisch.«

*

Vier Theologen sprechen regelmäßig über Glaubensfragen. Immer sind drei einer Meinung gegen den vierten. Als es wieder so weit ist, appelliert der mit der abweichenden Meinung an eine höhere Autorität: »O Gott!«, ruft er, »ich weiß, dass ich recht habe und die anderen drei unrecht. Gib mir ein Zeichen, es ihnen zu beweisen!«

Im selben Augenblick braut sich am strahlend blauen Himmel aus dem Nichts eine Gewitterwolke zusammen, donnert und löst sich wieder auf.

»Seht, ein Zeichen von Gott!«, ruft Theologe Nummer vier, »ich habe recht!«

Die anderen drei sehen das nicht so und verweisen darauf, dass sich an heißen Tagen häufig Gewitterwolken bilden.

Also betet der vierte Theologe wieder: »O Gott, sende ein mächtigeres Zeichen dafür, dass ich recht habe und sie nicht!«

Prompt erscheinen drei Gewitterwolken am Himmel, die sich zu einer Riesenwolke zusammenballen, und aus ihr fährt ein mächtiger Blitz in einen unweit stehenden Baum.

»Ich hab's euch doch gesagt, dass ich recht habe!«, ruft der vierte Theologe, aber die anderen beharren darauf, dass sich alles natürlich erklären lasse.

Der Theologe will von Gott ein noch größeres Zeichen erflehen. Er hat kaum »O Gott« gesagt, als sich der Himmel mit einem Schlag verdunkelt, die Erde bebt und eine gewaltige tiefe Stimme erdröhnt: »Er hat recht!«

Der vierte Theologe stemmt die Hände in die Hüfte, dreht sich zu den anderen drei und sagt: »Na?!«

»Was na?«, ruft einer der anderen Theologen. »Es steht immer noch drei zu zwei.«

*

Ein frommer Katholik ist schwer erkrankt. Der Arzt untersucht ihn und meint dann: »Gott sei Dank ist es nichts Ernstes. In einer Woche sind Sie wieder auf den Knien.«

*

Wilhelm Busch (1832–1908) verbrachte seinen Lebensabend im Haus seines Neffen Otto Nöldeke, der Pfarrer war. Eines Tages wurde der zu einem Bauern gerufen, der sich ein Bein gebrochen hatte und Bettruhe halten musste. Nöldeke brachte ihm zur Unterhaltung ein Buch seines Onkels Wilhelm Busch mit.

Als der Bauer wieder auf den Beinen war, brachte er dem Pastor das Buch zurück und sagte: »Wenn ik nich wüsst, dat Se Pastor sind und dat dit Book darum Gottes Wort sin mutt, harr ick oft bannig lachen mösst.«

*

Der Theologieprofessor widerlegt in seiner Vorlesung verschiedene ketzerische Ansichten und schließt emphatisch: »Der Gott, den ich anbete, ist ein einziger Gott, jedoch in drei Personen …«

Da hört man aus der letzten Bank die Stimme eines Studenten: »Na so was! Meiner auch! Das muss derselbe sein …«

*

Ein Bergsteiger rutscht aus und kann sich im letzten Augenblick an einem Felsvorsprung festhalten. Langsam schwinden seine Kräfte.

Verzweifelt blickt er zum Himmel empor und fragt: »Ist da oben jemand?«

Von oben ertönt eine gewaltige Stimme: »Ja!«

»Was soll ich tun?«

»Sprich ein Gebet und lass los!«

Der Bergsteiger nach kurzem Überlegen: »Ist da noch jemand?«

*

»Gott weiß alles!«

»Dann frag ihn, wo ich meine Brille verlegt habe.«

5000 Brote für fünf Menschen

Wunder über Wunder

Im Bus sitzt ein junger Mann und liest in der Bibel. Plötzlich preist er laut Gott. Ein Fahrgast fragt ihn nach dem Grund.

Der junge Mann: »Ich lobe Gott, weil er sein Volk mitten durchs Rote Meer geführt hat! Ein Wunder!«

»Das soll ein Wunder sein?«, versetzt der Fahrgast, »das Wasser war nur dreißig Zentimeter tief!«

Der junge Mann liest weiter, und nach einer Weile preist er abermals laut Gott. »Ein Wunder! Gott ertränkte die gesamte ägyptische Armee, obwohl das Wasser nur dreißig Zentimeter tief war!«

*

Ein Evangelikaler, ein Methodist und ein Bischof machen eine Bootsfahrt. Nach einer Weile bekommen sie Durst. Der Evangelikale steigt aus dem Boot, läuft über das Wasser ans Ufer, holt Getränke und kommt zurück.

Nach einer Weile werden die Angler erneut durstig. Der Methodist steigt aus dem Boot, geht an Land und kehrt mit den Getränken zurück.

Einige Zeit später ist es abermals Zeit für eine Getränkepause. Der Bischof fühlt sich angesprochen, steigt aus dem Boot und versinkt.

Fragt der Methodist den Evangelikalen: »Hast du ihm nicht gesagt, wo die Steine liegen?«

Versetzt der Evangelikale: »Welche Steine?«

*

Ein Jäger hat einen Hund, der über Wasser laufen kann. Eines Tages lädt er einen Kollegen, den er beeindrucken will, zur Entenjagd ein. Sie fahren auf den See hinaus, und als der Jäger die erste Ente geschossen hat, springt sein Hund aus dem Boot, läuft übers Wasser, schnappt die Ente, läuft zurück und springt ins Boot. Der Kollege sagt nichts.

Der Jäger schießt die zweite Ente, der Hund springt wieder aus dem Boot, läuft übers Wasser, schnappt die Ente, läuft zurück und springt ins Boot. Der Kollege sagt wieder nichts.

Nach dem dritten Mal hält es der Jäger nicht mehr aus: »Ist dir an meinem Hund nichts aufgefallen?«, fragt er.

»Na ja«, antwortet der Kollege, »ich wollte nichts sagen – aber dein Hund kann gar nicht schwimmen.«

*

Ein Deich an der Küste ist gebrochen, und die Flut steigt unaufhaltsam. Der Pastor aber sitzt an einem Fenster seines Hauses, und als die Nachbarn in einem Boot vorbeikommen, ruft er: »Fahrt ruhig weiter! Gott wird mich schon retten!«

Als das Wasser weiter steigt, wird ein Rettungsboot losgeschickt. Der Pastor sitzt am Fenster des ersten Stocks und ruft: »Fahrt weiter, Gott wird mich schon retten!«

Das Wasser erreicht die Hausdächer, und ein Hubschrauber kommt, um den Pastor zu holen. Der steht auf dem Dach, winkt und ruft: »Fliegt weiter, Gott wird mich schon retten!«

Das Wasser steigt, der Pastor ertrinkt, kommt in den Himmel und beschwert sich bei Gott: »Warum hast du mich nicht gerettet?«

Gott sieht ihn verwundert an und fragt: »Sind die beiden Boote und der Hubschrauber nicht angekommen?«

*

Der Pfarrer geht mit Fritzchen durch die verschneite Landschaft und sagt: »Sieh nur, wie wunderbar der liebe Gott den See hat zufrieren lassen!«

Fritzchen: »Kunststück – im Winter!«

*

Pfarrer in der Konfirmationsstunde: »Was werden sich die Gäste bei der Hochzeit zu Kana wohl gedacht haben, als Jesus das Wasser in Wein verwandelt hat?«

Konfirmand: »Sie werden gedacht haben: Den laden wir auch mal ein!«

*

Ein Pfarrer fährt zu schnell und wird von einer Polizeistreife angehalten. Der Polizist riecht Alkohol und erblickt eine leere Weinflasche auf dem Wagenboden.

»Sagen Sie, haben Sie etwas getrunken?«

Der Pfarrer: »Nur Wasser!«

Der Polizist: »Und warum rieche ich dann Wein?«

Der Pfarrer schaut auf die leere Flasche: »Mein Gott, Er hat es wieder getan!«

*

Ein Lahmer mit Krücken und einer mit Sprachfehler fahren nach Lourdes. Sie betreten die heilige Grotte. Aus dem Hintergrund ertönt eine Stimme: »Der Mann mit den Krücken werfe die linke Krücke weg!«

Der Mann wirft die linke Krücke weg.

»Der Mann mit den Krücken werfe die rechte Krücke weg!«

Der Mann wirft die rechte Krücke weg.

»Der Mann mit der Hasenscharte spreche einen Satz!«

»Der Mann mit den Krücken ift foeben auf den Arf gefallen!«

*

Der Religionslehrer verhaspelt sich und sagt: »Jesus speiste fünf Menschen mit fünftausend Broten.« Hinterher weist ihn der Primus auf seinen Lapsus hin.

In der nächsten Stunde korrigiert sich der Lehrer: »Jesus speiste natürlich fünftausend Menschen mit fünf Broten. Ein Wunder!«

Stimme aus dem Hintergrund: »Was Wunder! Mit dem Rest von vergangener Woche hätte ich das auch geschafft.«

*

Jeden Samstagabend betet ein Mann vor dem Fernseher: »Lieber Gott, lass mich im Lotto gewinnen!« So geht das seit zwanzig Jahren. Als der Mann eines Tages wieder zu beten anhebt, hält Gott es nicht mehr aus und ruft: »Gib mir eine Chance! Kauf dir ein Los!«

*

Jesus, Petrus und ein bärtiger alter Mann spielen Golf. Petrus holt aus, schlägt den Ball weit übers Grün, und mit dem zweiten Schlag puttet er ein. Danach legt sich Jesus seinen Ball zurecht, holt aus und schlägt: Hole in one! Nun ist der alte Mann an der Reihe. Sein Ball fliegt weit abseits in ein Waldstück. Doch da springt aus dem Unterholz ein Eichhörnchen mit dem Golfball im Maul. Ein Adler stürzt vom Himmel, packt das Eichhörnchen und schraubt sich hoch. Aus heiterem Himmel trifft ein Blitz den Adler, der das Eichhörnchen fallen lässt. Das landet genau neben dem Loch, öffnet das Maul, und der Ball rollt hinein.

Petrus stößt Jesus an: »Ich hasse es, mit deinem Vater zu spielen.«

Der Tubist

Offene Fragen

Was ist der Name Gottes?
Ernst Groß. In der Bibel steht: Wer mich mit Ernst anruft, wird erhört werden. Denn mein Name ist Groß.

*

Welchen Namen noch legt die Bibel Gott bei?
Immerdar. Denn Psalm 23 endet mit: Ich werde bleiben im Hause des Herrn Immerdar.

*

Was sagte Gott, als er das Ruhrgebiet erschaffen hatte?
Essen ist fertig!

*

Welches Instrument spielt Gott?
Die Tuba!
Es heißt doch: Vater unser, der Tubist im Himmel.

*

Warum nannte Adam das große Tier »Elefant«?
Weil es mehr als jedes andere wie ein Elefant aussah.

*

Wer war der größte Sünder im Alten Testament?
Moses. Er brach gleichzeitig alle Zehn Gebote.

*

Wer ist der größte Koch im Alten Testament?
Josua. Im Buch der Richter heißt es: Er dämpfte die Amalekiter.

*

Wie waren die Posaunen vor Jericho gestimmt?
In d-Moll.
Wieso?!
Sie haben alles demoliert.

*

Wer war der erste Bodybuilder?
Jesus. Er hatte *sooo* ein Kreuz.

*

Was ist der Unterschied zwischen Jesus und einem Holländer?
Jesus machte aus Wasser Wein – Holländer aus Wasser Tomaten.

*

Was wäre, wenn Jesus nicht gekreuzigt, sondern ertränkt worden wäre?
Dann stünde in jedem bayerischen Schulzimmer ein Aquarium.

*

Was war der Unterschied zwischen Casanova und Jesus?
Der Gesichtsausdruck beim Nageln.

*

Zu welchem der Schächer sagte Jesus: »Heute wirst du mit mir im Paradiese sein«?
Zu dem, der Wahrlich hieß.

*

Welcher Heilige hat vier Beine?
Der Heilige Stuhl.

*

Welche Biersorte kommt schon im Neuen Testament vor?

Warsteiner. Denn in der Passionsgeschichte heißt es: Auch du warst einer von ihnen.

*

Was ist der Unterschied zwischen Gott und Papst Johannes Paul II.?

Gott ist überall, aber Johannes Paul II. ist schon da gewesen.

*

Mit welcher Wette hatte sich Johannes Paul II. bei »Wetten, dass ...« beworben?

Dass er 30 Flughäfen am Geschmack erkennt.

*

Warum gehen katholische Pfarrer ungern ins Schwimmbad?

Eine falsche Bewegung, und alles ist Weihwasser.

*

Wie nennt man es, wenn ein Geistlicher einen Verkehrsunfall baut und türmt?

Pfarrerflucht.

*

Wie vermehren sich Nonnen und Mönche?

Durch Zellteilung.

*

»Kennst du den Witz von den drei Pastoren im Fahrstuhl?«

»Nö. Ich bin die Treppe hochgegangen.«

Wer seinen Dreck selber machen muss

Glauben und Wissen

Was ist der Unterschied zwischen Philosophie, Metaphysik und Theologie?

Philosophie ist, wenn einer in einem dunklen Zimmer mit verbundenen Augen eine schwarze Katze sucht.

Metaphysik ist, wenn einer in einem dunklen Zimmer mit verbundenen Augen eine schwarze Katze sucht, die nicht da ist.

Theologie ist, wenn einer in einem dunklen Zimmer mit verbundenen Augen eine schwarze Katze sucht, die nicht da ist, und ruft: »Ich hab sie!«

*

Zwei Kühe stehen auf der Weide. Da wendet sich die eine zur anderen: »Gottvater, Sohn und Heiliger Geist sind nicht drei verschiedene Götter, sondern ein Gott in drei wesensgleichen Personen und nichts anderes als Hypostasen der Trinität.«

Sagt die zweite: »Muh.«

*

Ein Jesuit kommt in eine fremde Stadt. Er fragt einen Franziskaner: »Können Sie mir sagen, wie ich zum Jesuitenkolleg komme?«

»Das werden Sie kaum finden«, antwortet der Franziskaner, »da müssten Sie nämlich immer geradeaus gehen.«

*

Der Pastor predigt über das Wort aus der Bergpredigt: »Wenn dir jemand einen Streich gibt auf die rechte Backe, dem biete auch die andere dar.«

Nach dem Gottesdienst stichelt der Küster, der den Pastor nicht leiden kann: »Schön haben Sie gepredigt, aber werden Sie auch tun nach der Heiligen Schrift?!« Und bei diesen Worten haut er dem Pastor eine runter.

»Hinwiederum steht auch geschrieben«, ruft der Pfarrer, »mit welchem Maße ihr messet, wird euch gemessen werden«, und haut dem Küster eine runter.

Da kommt der Kirchenvorsteher hinzu und fragt, was hier vorgehe.

Der Pastor erklärt: »Wir legen die Heilige Schrift aus!«

*

»Da haben wir Gottes Wort schwarz auf weiß«, sagte der Bauer, als er den Pfaffen auf einem Schimmel reiten sah.

*

Im Hospiz treffen spätabends drei Männer ein: ein Arbeiterpriester, ein Franziskaner und ein Jesuit. Zu essen gibt es nichts mehr außer einem einzigen Ei. Die drei beschließen, dass es derjenige essen soll, dem der treffendste fromme Spruch dazu einfällt.

Der Arbeiterpriester langt nach dem Messer, schlägt die Spitze des Eis ab und sagt: »Epheta!«, auf Deutsch: Tue dich auf!

Der Franziskaner ergreift den Salzstreuer, gibt etwas Salz auf das Ei und spricht: »Nimm denn hin das Salz der Weisheit!«

Der Jesuit nimmt das Ei, schält es sorgfältig und steckt es in den Mund. Während er genüsslich kaut, vernehmen die beiden anderen, wenn auch undeutlich, seinen Spruch: »So gehe denn ein in die Freude des Herrn!«

*

Der Jesuit und Dogmatikprofessor Karl Rahner (1894–1984) wurde an der Tür von einem zudringlichen Bettler belästigt, den er ebenso hartnäckig abwies.

Schließlich spielte der Bettler seinen letzten Trumpf aus: »Wenn Sie mir so nichts geben wollen, so geben Sie mir doch wenigstens darum etwas, weil Sie ein Christ sind!«

»Der Grund ließe sich hören«, erwiderte Rahner kühl. »Nur hätte er dann mir – und nicht Ihnen einfallen sollen.«

*

Ein Journalist recherchiert über die Jesuiten, stößt auf das Stichwort von der »jesuitischen Kasuistik« und fragt einen Angehörigen der Societas Jesu, der Gesellschaft Jesu, was das sei. »Es ist unsere besondere Art zu denken«, sagt der Jesuit. »Ich erkläre es Ihnen an einem Beispiel: Zwei Männer fallen durch einen Schornstein. Der eine bleibt sauber, der andere ist voller Ruß. Welcher wäscht sich?«

»Natürlich derjenige, der voller Ruß ist.«

»Falsch, der Saubere. Er sieht, dass der andere voller Ruß ist, und glaubt, er sei es auch. Der Rußige dagegen sieht den Sauberen und hält sich ebenfalls für sauber. Weiter! Die beiden fallen ein zweites Mal durch den Schornstein. Welcher wäscht sich?«

»Der Saubere.«

»Falsch, der Rußige. Wieso sollte sich denn der Saubere waschen?! Der Rußige aber sieht doch, dass er rußig ist, also wäscht er sich. Weiter! Die beiden fallen ein drittes Mal durch den Schornstein. Welcher wäscht sich?«

»Ab jetzt immer der Rußige.«

»Wieder falsch. Hat man je gehört, dass von zweien, die durch denselben Schornstein fallen, der eine rußig wird und der andere sauber bleibt? – Siehst du, so denken Jesuiten.«

*

Ein Jesuit und ein Franziskaner streiten, ob man bei der Bibellektüre rauchen dürfe.

»Darf man nicht«, erklärt der Franziskaner. »Ich habe bei meiner Ordensleitung angefragt, ob man beim Bibellesen rauchen darf, und sie hat es untersagt.«

»Ich«, sagt der Jesuit, »bin zum Papst gegangen und habe die Erlaubnis bekommen.«

»Wie das?!«

»Ich habe ihn gefragt, ob man beim Rauchen die Bibel lesen darf.«

*

Ein Dominikaner brüstet sich vor einem Kreis von Jesuiten, über jedes beliebige Thema aus dem Stegreif predigen zu können.

»Das«, meint einer der Jesuiten, »wollen wir doch mal sehen.« Er tuschelt mit seinen Kollegen und sagt: »Dann halte hier und jetzt eine Predigt über die ersten Gedanken des Jesuskindes in der Krippe!«

Der Dominikaner beginnt: »Das Jesus-Kind lag in der Krippe und sah sich um. Und es sah Maria und Joseph, und es sah auch einen Ochsen und einen Esel. Da dachte es: Das also ist die Gesellschaft Jesu ...«

*

Ein Dominikaner macht naturwissenschaftliche Experimente. Er setzt einen Floh auf den Labortisch und befiehlt: »Spring!«

Und tatsächlich: Der Floh springt.

Daraufhin schneidet der Dominikaner dem Floh die Beine ab, setzt ihn auf den Tisch und befiehlt wieder: »Spring!«

Doch der Floh bleibt sitzen.

Der Dominikaner notiert: Wenn man einem Floh die Beine abschneidet, schlägt ihn Gott mit Taubheit.

*

Papst Benedikt XVI., der Kölner Kardinal Joachim Meisner und der Kirchenkritiker Eugen Drewermann sind gestorben und kommen vor die Himmelspforte. Petrus: »Ich ließe euch gerne rein, aber erst müsst ihr zum Vorstand!«

Als Erster geht der Papst, um sich Gott, Jesus und dem Heiligen Geist vorzustellen. Nach einer Stunde kommt der Papst wieder raus.

»Na, wie war's?«, fragen Meisner, Drewermann und Petrus.

»Na ja«, meint der Papst, »ich muss noch mal runter auf die Erde, weil ich etwas falsch gemacht habe« – und verschwindet.

Danach geht Kardinal Meisner rein. Nach zwei Stunden kommt er wieder raus.

»Na, wie war's?«

»Na ja«, sagt Meisner, »ich muss noch mal runter auf die Erde, weil ich etwas falsch gemacht habe« – und verschwindet.

Zuletzt geht Eugen Drewermann rein, Petrus wartet noch auf ihn. Nach drei Stunden stürzt Jesus aus dem Zimmer. Petrus fragt: »Was machst du denn hier?«

»Tja«, sagt Jesus, »ich muss noch mal runter auf die Erde!«

*

Eine Gruppe von Wissenschaftlern geht zu Gott und teilt ihm mit: »Wir brauchen dich nicht mehr. Wir können jetzt selber Menschen erschaffen!«

Gott erwidert: »Meinetwegen. Wie wäre es mit einem Wettbewerb? Messen wir uns im Menschen machen!«

»Ausgezeichnet«, sagen die Wissenschaftler. Einer von ihnen bückt sich und hebt eine Handvoll Dreck auf.

Gott schüttelt den Kopf: »Nein, so nicht! Ihr müsst euren Dreck schon selber machen!«

*

Der Kirchenhistoriker Adolf von Harnack (1851–1930) machte Urlaub in seiner baltischen Heimat und besuchte seine alte Tante in Dorpat (estnisch: Tartu). Sie berichtete ihm, dass sie sich mit einigen gleichaltrigen Damen zu einem Bibel-Kränzchen zusammengetan habe und sie gerade den Propheten Ezechiel läsen.

Zweifelnd fragte Harnack: »Versteht ihr denn auch alles, was da steht?«

»Ja, wir verstehen es schon«, zeigte sich die alte Dame zuversichtlich, »und was wir nicht verstehen, das erklären wir uns.«

*

Ein Professor für Kirchengeschichte ist für sein Ungeschick im Examinieren bekannt. Immer wieder sagen ihm die Kollegen, dass seine Fragen so schwer seien, dass kein Kandidat sie beantworten könne. Er nimmt sich vor, die nächste Prüfung mit einer leichten Frage zu beginnen.

Er fängt an: »Herr Kandidat, nennen Sie mir ein Jahrhundert.«

»Das erste.«

»Nun ja, aber nennen Sie mir noch eins.«

»Das sechzehnte.«

»Das ist ja ganz richtig, aber das meinte ich auch nicht; nennen Sie doch noch ein anderes.«

»Das achte.«

»Ach, Herr Kandidat, Sie wissen nichts, Sie raten.«

Wird man schlechter vom Taufen?

Religionen unter sich

Ein katholischer und ein evangelischer Pfarrer diskutieren Glaubensfragen.

Nach einer Weile lenkt der Katholik ein: »Lassen wir doch den unnützen Streit. Schließlich arbeiten wir ja beide für denselben Herrn, Sie auf Ihre Weise und ich auf Seine.«

*

Die Mutter drängt Graf Bobby, endlich zu heiraten.

»Was sagst du zur Baroness Bibi?«

»Ach, die Bibi schaut doch furchtbar aus.«

»Und die Komtess Mitzi?«

»Aber Mama, die ist doch ein entsetzliches Plappermaul.«

»Und die Adelheid vom Kommerzienrat Wurlitza?«

»Geh, Mama, die ist ja viel zu alt … Weißt du, wenn es schon sein muss, dann würde ich am liebsten den Baron Mucki heiraten.«

»Um Gottes willen, Bobby!«, ruft die Mutter, »das geht auf keinen Fall! Der Baron Mucki ist doch evangelisch!«

*

»Bisher«, erzählt ein Baptist, »gab es hier bei uns zwei Gemeinden: eine Baptistenkirche und eine Mennonitenkirche. Aber dann hat der Wind der Einheit geweht, und wir haben uns vereinigt.«

»Dann gibt es bei Ihnen jetzt eine einzige Gemeinde?«

»Nein, drei. Eine Baptistengemeinde, eine Mennonitengemeinde und eine Vereinigte Gemeinde.«

*

Drei Nonnen wollen ihr Kloster verlassen und teilen der Äbtissin mit, dass sie weltliche Berufe ergreifen wollen. Die erste will Schneiderin werden.

»Ja, das ist ein ehrbarer Beruf«, sagt die Äbtissin.

Die zweite will Stewardess werden. Die Äbtissin hat ein paar Bedenken, billigt aber die Entscheidung.

Dann kommt die dritte Nonne an die Reihe: »Ich will Prostituierte werden!«

Die Äbtissin fällt in Ohnmacht. Als sie wieder zu sich gekommen ist, vergewissert sie sich nochmal: »*Was* willst du werden?!«

»Prostituierte!«

»Gott sei Dank! Ich hatte schon verstanden: Protestantin!«

*

Ein Jude beklagt sich beim Rabbi: »Rabbi«, sagt er, »was soll ich nur machen? Ich hab einen Sohn gehabt, einen guten und frommen Sohn, und hab für ihn auch ein schönes Testament gemacht – und nun hat sich mein Sohn taufen lassen.«

»Das hab ich selbst erlebt«, erwidert der Rabbi, »Auch ich hab einen Sohn gehabt, einen guten und frommen Sohn, und habe für ihn ein schönes Testament gemacht – und dann hat er sich taufen lassen.«

»Und was hast du gemacht?«

»Ich hab mich an Gott um Rat gewandt.«

»Und was hat Gott gesagt?«

»›Rabbi‹, hat er gesagt, ›das hab ich selbst erlebt. Auch ich hab einen Sohn gehabt, einen guten und frommen Sohn, und habe ein schönes Testament gemacht – und auch mein Sohn hat sich taufen lassen.‹ Und, Gott du Gerechter, frage ich, was hast du getan? ›Nun‹, sagte Gott, ›was sollte ich tun? Hab ich ein Neues Testament gemacht.‹«

*

Eine betagte Dame will auf ihre alten Tage vom Judentum zum Katholizismus konvertieren.

Der Pfarrer erzählt ihr vom Wunder der Jungfrauengeburt und fragt: »Haben Sie dazu irgendwelche Fragen?«

»Na ja«, erwidert die alte Dame, »es ist nicht eigentlich eine Frage. Aber ich sehe nicht den Vorteil gegenüber dem alten System.«

*

Ein Jude geht zum Juwelier, um ein Geschenk für seine Frau zu kaufen, und deutet auf ein silbernes Kruzifix: »Wie viel kostet das?«

»Fünfhundert Euro«, erwidert der Verkäufer.

»Aha«, sagt der Jude. »Und ohne den Akrobaten?«

*

Ein irischer Pater in Brooklyn entdeckt ein Ladenschild: »Greenspan & O’Brien«. Neugierig tritt er ein und wird von einem Mann mit langem Bart und Kippa begrüßt.

Der Pater ist entzückt: »Es freut mich zu sehen, wie sehr unsere beiden Völker sich im Freundschaftlichen wie im Geschäftlichen miteinander verbunden haben.«

»Dann habe ich eine noch freudigere Überraschung für Sie«, entgegnet der Mann: »Ich bin O’Brien!«

*

»Wie kommt es, dass es unter euch Juden so viele Ärzte, Anwälte und Wissenschaftler gibt?«, fragt ein Christ einen Juden.

»Wir schauen uns jedes Neugeborene an«, erklärt der Jude, »stellen fest, welche Talente es hat, und bilden es entsprechend aus.«

»Und was macht ihr mit den weniger Talentierten?«

»Die lassen wir taufen.«

*

Zwei Juden kommen in New York an einer Kirche vorbei. Ein Schild steht davor: »Werden Sie heute noch Christ – und Sie erhalten tausend Dollar bar auf die Hand!«

Sagt der eine Jude: »Ich probiere das mal aus.«

Als er wiederkommt, fragt ihn sein Freund: »Und, bist du konvertiert?«

»Ja, ich bin Christ geworden.«

»Und hast du die tausend Dollar gekriegt?«

Der andere: »Ist das alles, woran ihr Juden denkt?!«

*

Ein chassidischer Jude zu einem Priester: »Wie kannst du nur an die leibliche Auferstehung Jesu glauben?!«

Der Priester: »Du als Chassid glaubst doch auch, dass euer Wunderrabbi auf einem Taschentuch einen Fluss überqueren kann.«

Chassid: »Ja, aber das ist auch wahr!«

*

Ein katholischer Priester fordert einen Rabbi heraus: »Wenn die Beschneidung eine so entscheidende Sache ist – warum werden eure Knaben nicht gleich als Beschnittene geboren?«

»Eine Gegenfrage«, sagt der Rabbi. »Wenn der Zölibat eine so entscheidende Sache ist – warum werden eure Geistlichen nicht gleich als Eunuchen geboren?«

*

Ein katholischer Pfarrer und ein Rabbi essen gemeinsam zu Mittag.

Der Pfarrer isst einen Schweinebraten und frotzelt den Rabbi: »Wann werden auch Sie endlich einen solchen herrlichen Schweinebraten genießen!?«

Erwidert der Rabbi: »Auf Ihrer Hochzeit!«

*

Der Rabbi hat einen Pfarrer zum Essen eingeladen und fragt ihn, wie ihm der Wein schmecke.

Der Pfarrer verzieht das Gesicht: »Getauft.«

»Oh!«, macht der Rabbi, »wird man schlechter vom Taufen?«

*

Ein katholischer Priester, ein protestantischer Pfarrer und ein Rabbi schließen eine Wette: Alle drei wollen in den Wald gehen und einen Bären bekehren.

Danach treffen sie sich wieder. Der Katholik: »Als ich einen Bären gefunden hatte, las ich ihm aus dem Katechismus vor und besprengte ihn mit Weihwasser. Nächste Woche feiert er Erste Kommunion.«

Der Protestant: »Als ich einen gefunden hatte, predigte ich ihm Gottes Wort. Daraufhin ließ sich der Bär taufen.«

Nun ist der Rabbi an der Reihe, der mit einem Ganzkörpergips auf einer Bahre liegt.

»Im Nachhinein betrachtet«, sagt er, »wäre es wohl besser gewesen, nicht mit der Beschneidung zu beginnen.«

*

Ein evangelischer Pastor kommt in den Himmel. In Anerkennung seiner treuen Dienste übergibt ihm Petrus einen VW. Nicht lange, da sieht der Pastor einen katholischen Pfarrer, der in einem Mercedes unterwegs ist!

Der Pastor beschwert sich bei Petrus, der ihm sagt: »Nun ja, der Zölibat. Dafür muss er entschädigt werden.«

Kurz danach begegnet der Pastor dem Rabbi – im Rolls-Royce!

»Also der hat kein Zölibat und nichts! Ich will eine Erklärung!«

Petrus legt den Finger auf den Mund: »Pst! Verwandter vom Chef!«

*

Ein Priester, ein protestantischer Pastor und ein Rabbi streiten über den Beginn des menschlichen Lebens.

»Das Leben beginnt mit der Zeugung!«, behauptet der Priester.

»Nein, mit der Geburt«, meint der Pastor.

»Unsinn«, versetzt der Rabbi. »Das Leben beginnt, wenn die Kinder aus dem Haus sind und der Hund tot ist.«

*

Ein Mann geht ins Wirtshaus, bestellt drei Bier und trinkt sie aus. Danach bestellt er drei weitere Bier, worauf der Wirt sagt: »Wenn du immer nur eins bestellst, steht das Bier nicht so schnell ab.«

Darauf der Mann: »Ich weiß! Aber ich habe zwei Brüder, beide im Ausland. Als sich unsere Wege trennten, gelobten wir, von nun an zur Erinnerung an unsere gemeinsamen Zechabende auf diese Weise zu trinken. Zwei Bier sind für meine Brüder, das dritte ist für mich.«

Der Wirt ist gerührt: »Großartig!«

Der Mann wird zum Stammgast in dem Wirtshaus und bestellt jedes Mal auf die nämliche Weise drei Bier.

Eines Tages bestellt er nur zwei. Die anderen Stammgäste sehen das, und Schweigen senkt sich über den Schankraum. Als der Mann an die Theke kommt, um seine zweite Runde zu bestellen, sagt der Wirt: »Mein herzliches Beileid, Kumpel.«

Darauf der Mann: »Kein Grund zur Trauer, meine Brüder sind beide wohlauf. Aber ich bin Moslem geworden und musste mit dem Trinken aufhören.«

*

Ein Muslim fragt einen christlichen Bekannten: »Ich will mich morgen taufen lassen. Was zieht man dazu eigentlich an?«

»Das kann ich dir wirklich nicht sagen. In meiner Familie trägt man dazu Windeln.«

*

Ein muslimisches Ehepaar ist zum katholischen Glauben gewechselt. Sie gehen zur Messe und machen alles, wie man es sie gelehrt hat: Sie knien nieder, stehen auf, setzen sich, knien nieder, stehen wieder auf, bekreuzigen sich und so weiter. Dennoch starren alle in der Kirche unentwegt sie an.

Schließlich flüstert die Frau ihrem Mann ins Ohr: »Was sehen die uns an? Was ist? Steht dein Hosenlatz offen?«

»Warum? Soll er?«

*

Zwei Muslime haben sich verirrt und sind sehr hungrig. Da erblicken sie von Weitem ein Kloster.

Der eine: »Besser, ich gebe mich als Christ aus. Ich sage einfach, ich heiße Niklos.«

Der andere: »Ich bleibe ehrlich und sage, dass ich Mohammed heiße.«

Beim Kloster angekommen, tritt der Abt vor sie und fragt nach ihren Namen.

»Ich heiße Niklos, und das ist mein Freund Mohammed.«

Ruft der Abt: »Bringt Mohammed Essen! Und du, Niklos, weißt ja, dass heute Fasttag ist.«

*

An der Kreuzung einer protestantischen und einer katholischen Straße in Belfast eröffnet ein Mann aus Pakistan einen kleinen Lebensmittelladen. Er hat Kunden aus beiden Straßen. Eines Tages überfällt ihn ein Vermummter, hält ihm eine Pistole an die Stirn und fragt: »Katholik oder Protestant?«

»Ich bin Muslim!«, antwortet der Mann aus Pakistan.

»Katholischer Muslim oder protestantischer Muslim?«

*

Ein Mann in Belfast ist auf dem Weg vom Pub nach Hause. Da überfällt ihn ein Vermummter und hält ihm eine Pistole vors Gesicht: »Katholik oder Protestant?«

Der Mann weiß nicht, was die richtige Antwort ist, aber findet einen Ausweg: »Ich bin Jude!«

Der Vermummte lacht: »O Mann, ich bin wahrscheinlich der glücklichste Araber in Belfast heute Nacht!«

*

Beim Papst klingelt das Telefon: »Hallo, hier spricht Gott. Ich habe eine gute und eine schlechte Nachricht.«

Der Papst: »Zuerst die gute Nachricht!«

Gott: »Ich habe beschlossen, die ganze Welt unter *einem* Glauben zu vereinen.«

Papst: »Großartig! Das ist genau das, wofür wir all die Jahre gearbeitet haben. Und die schlechte Nachricht?«

Gott: »Ich rufe aus Mekka an.«

*

Jesus und Moses sitzen in Kairo in einem Café. Fragt Jesus Moses: »Du, Moses, wo ist eigentlich Mohammed?«

Darauf Moses: »Der steht dahinten.«

Ruft Jesus: »He, Mohammed, noch zwei Kaffee, aber zack zack!«

Ich dachte, du bist längst tot

Das Ende

Ein junges Ehepaar trifft eine sonderbare Vereinbarung: Wer zuerst stirbt, soll sich bei dem anderen melden und berichten, wie es ihm geht. Der junge Mann verunglückt tödlich, und eines Tages hört seine Frau seine Stimme.

»Nun, wie ist es bei dir?«, fragt sie.

»Alles«, schwärmt er, »ist Wonne und Sonnenschein!«

»Und was treibt ihr so?«

»Liebe, morgens, mittags und abends Liebe!«

»Was? Im Himmel?«

»Wieso Himmel? Ich bin ein Kaninchen in Kalifornien.«

*

Ein begeisterter Schachspieler fragt eine Wahrsagerin, wie es im Himmel aussehe.
Die Wahrsagerin schaut in ihre Kristallkugel und verkündet: »Ich habe eine gute und eine schlechte Nachricht. Zuerst die gute: Im Himmel werden auch Schachturniere ausgetragen.«

»Wunderbar! Und die schlechte?«

»Ihr Turnier beginnt morgen um zehn Uhr.«

*

Ein Europäer zu einem Chinesen, der Reis über das Grab seiner Ahnen streut: »Glaubst du wirklich, dass sie den Reis noch essen werden?«

»Allerdings!«, antwortet der Chinese, »und zwar im selben Moment, in dem deine Vorfahren aufwachen, um an deinen Blumen zu riechen.«

*

Drei Freunde sterben bei einem Unfall und kommen in den Himmel.

Da sie gute Christen waren, fragt Petrus sie: »Wenn du nun im Sarg liegst und die Trauernden sich um ihn versammelt haben, was hoffst du, werden sie über dich sagen?«

Der erste: »Dass ich ein guter Arzt und Vater war.«

Der zweite: »Dass ich ein großartiger Lehrer war, ein Vorbild für die Jugend.«

Der dritte: »Ich hoffe, sie sagen: ›Da! Da! Er bewegt sich!‹«

*

Als Heinrich Heines (1797–1856) Sterbestunde nahte, kniete seine Frau weinend an seinem Lager und betete, dass Gott ihrem Mann seine Sünden vergebe.

»Gott wird mir schon vergeben«, hauchte Heine. »Das ist ja sein Beruf!«

*

Es klopft an der Himmelspforte. Petrus öffnet und fragt den davor Stehenden: »Wie heißt du?«

Der Mann antwortet: »Ich bin Franz Meier aus Mü…« – weg ist er.

Petrus ist irritiert und schließt die Tür. Da klopft es erneut: »Ich bin Franz Meier aus Mü…« – weg ist er.

Nach dem dritten Mal geht Petrus zum Chef: »Großer Gott, was ist da los? Dreimal schon steht ein Mann vor der Tür, sagt: ›Ich bin Franz Meier aus Mü…‹, und verschwindet wieder.«

Gott: »Das ist Franz Meier aus München. Er liegt auf der Unfallstation und wird gerade wiederbelebt.«

*

Im Aushang vor der Kirche wird ein Vortrag angekündigt: »Professor Niemeyer spricht zum Thema ›Gehet hin, ihr Verdammten, in das ewige Feuer!‹« Darunter in kleinerer Schrift: »Eintritt frei«.

*

Zwei Pastoren im Gespräch. »Heute hatte ich einen anstrengenden Tag«, sagt der eine, »zwei Beerdigungen, drei Urnenbestattungen und dann noch eine Kompostierung!«

»Kompostierung?!«, wundert sich der andere.

»Tja, auch die Grünen werden älter!«

*

Der Großvater hat sich auf dem Dachboden erhängt. Der Vater schickt seinen kleinen Sohn wegen der Beerdigung zum Pfarrer und schärft ihm ein: »Aber erwähn bloß nicht, dass sich Opa aufgehängt hat, sonst reden alle Leute über uns!«

Der Kleine berichtet dem Pfarrer den Todesfall, aber der will es genauer wissen: »Na so was, gestern habe ich deinen Großvater noch gesehen! Woran ist er denn gestorben?«

»So genau weiß ich das nicht. Aber mir scheint, dein Chef hat ihn mit dem Lasso geholt …«

*

Ein uraltes Ehepaar kommt ins Paradies. Petrus führt sie herum und zeigt ihnen alle Herrlichkeiten. Die Frau ist begeistert, doch der Mann wird immer mürrischer.

Schließlich fährt er seine Frau an: »Du immer mit deiner gesunden Ernährung! Das hätten wir alles schon vierzig Jahre früher haben können!«

*

Ein Ehepaar hat einen Autounfall. Der Mann kommt in den Himmel, wo seine Frau schon ungeduldig auf ihn wartet und schimpft: »Wo bleibst du denn so lange?!«

»Du musst schon entschuldigen«, rechtfertigt sich der Mann, »aber der Arzt hat mich so lange aufgehalten.«

*

Das Jüngste Gericht hat begonnen. Alle Menschen warten auf ihr Urteil.

Jesus ruft: »Sünder gegen das erste Gebot – ab in die Hölle!«

Und jeder Sünder gegen das erste Gebot wird von den Engeln Richtung Höllenrachen geschoben.

Dann ruft Jesus: »Sünder gegen das zweite Gebot – ab in die Hölle!«

So werden das dritte, vierte, fünfte Gebot der Reihe nach abgehakt. Beim sechsten Gebot »Du sollst nicht ehebrechen« geschieht eine ungeheure Massenbewegung. Die ganze Menschheit wird Richtung Höllenrachen geschoben. Nur ein kleiner Pater bleibt als Einziger übrig.

Da fleht die Muttergottes ihren Sohn an: Unmöglich könne er so viele Menschen verdammen.

Jesus hat ein Einsehen und entscheidet: »Begnadigt!«

Da macht der kleine Pater ein verdrießliches Gesicht: »Das hätte man uns auch früher sagen können!«

*

Der Satiriker Karl Kraus (1874–1936) war ein kompromissloser Mann. An allem hatte er etwas auszusetzen. Als Alfred Polgar von Kraus' Tod hörte, bemerkte er: »Der Ärmste! Er ist jetzt im Himmel – aber Gott wird ihm nicht gefallen.«

*

Der Pastor schimpft mit dem schwarzen Schaf seiner Gemeinde: »Du bist doch der größte Gauner weit und breit! Wie willst du denn jemals in den Himmel kommen?!«

»Ganz einfach«, versetzt der Sünder unbesorgt. »Wenn ich vor die Himmelstür komme, mache ich sie auf, mache sie wieder zu, mache sie auf, mache sie zu, mache sie auf, mache sie zu. Endlich wird Petrus wütend und sagt: ›Willst du nun rein oder raus?‹ Und dann gehe ich rein.«

*

Ein Mann kommt in den Himmel. Petrus fragt ihn nach der Religionszugehörigkeit.

»Lutheraner«, antwortet der Neuankömmling.

Petrus schaut auf seine Liste: »Gehen Sie in Saal siebzehn, aber seien Sie ganz leise, wenn Sie an Saal acht vorbeikommen.«

Ein weiterer Mann kommt an die Himmelspforte.

»Welche Religion?«

»Jude.«

»Gehen Sie in Saal fünfundzwanzig, aber seien Sie ganz leise, wenn Sie an Saal acht vorbeikommen.«

Ein Dritter kommt.

»Religion?«

»Hindu.«

»Gehen Sie in Saal elf, aber seien Sie ganz leise, wenn Sie an Saal acht vorbeikommen.«

Der Neue: »Ich verstehe, dass es verschiedene Säle für die verschiedenen Religionen gibt, aber warum soll ich ganz leise sein, wenn ich an Saal acht vorbeigehe?«

Petrus: »Die Katholiken sind in Saal acht und glauben, sie seien die Einzigen hier oben.«

*

An seinem fünfzigsten Geburtstag beschließt Hans-Rüdiger, sein Leben vollständig umzukrempeln. Er hört mit dem Rauchen auf und trinkt nicht mehr, hält Diät, treibt Sport und nimmt Sonnenbäder. Binnen Kurzem nimmt er zwanzig Kilo ab und ist stolzer Besitzer eines gebräunten, durchtrainierten Körpers. Zur Krönung kleidet er sich komplett neu ein und geht danach gleich noch zum Frisör. Zufrieden tritt er aus dem Frisörladen auf die Straße – und wird von einem Bus überfahren.

Sterbend liegt er auf dem Asphalt und schreit: »O Gott, warum hast du mir das angetan?!«

Da antwortet eine Stimme aus dem Himmel: »Ach, du bist's, Hans-Rüdiger! Ich habe dich gar nicht erkannt!«

*

Was waren Nietzsches erste Worte im Jenseits?

»Ich dachte, du bist längst tot?«

*

Petrus zum Neuankömmling: »Ich finde in meinem großen Buch keine Eintragung, dass du in deinem Leben was Besonderes geleistet hast. Aber du musst eine wirklich gute Tat vorweisen, damit ich dich hereinlassen kann!«

Der Mann denkt kurz nach und sagt: »Ich habe gesehen, wie eine Horde Motorradrocker einer kleinen alten Frau die Einkaufstasche weggenommen hat. Da habe ich die Einkaufstasche einem der Rocker entrissen und sie der alten Frau zurückgegeben. Dann spuckte ich dem Größten unter den Rockern ins Gesicht, nannte seine Braut eine Hure und beleidigte die ganze Bande als Abschaum der Menschheit.«

Petrus ist beeindruckt: »Großartig! Wann war das?«

»Vor ein paar Minuten.«

*

Ein äußerst frommer Mann kommt in den Himmel. Petrus schaut am Eingang im Sündenregister nach und kann es nicht fassen: »Fantastisch! Du hast in deinem ganzen Leben keine einzige Sünde begangen – das hat es noch nie gegeben! Du bist praktisch ein Engel!«

Und Petrus fährt fort: »Um hier reinzukommen, musst du aber sein wie andere Menschen. Du musst wissen, wie es ist, wenn man der Versuchung erliegt. Wenigstens einmal!«

Petrus schickt den Mann für einen Tag zurück auf die Erde. In dieser Zeit muss er eine Sünde begehen. Erst dann, menschlich geworden, darf er wieder vor Petrus erscheinen.

Unglücklich und nervös findet sich der Mann mitten in der Stadt wieder. Eine Stunde vergeht, zwei, drei, in denen der Mann noch immer keine Gelegenheit für eine Sünde gefunden hat. Dann sieht er eine Frau mit üppigem Busen, die ihm zuzwinkert ... sie ist weder schön noch jung – aber willig! Und als sie errötend andeutet, er könne mit ihr ins Bett gehen, passiert es.

Erst am frühen Morgen sieht der Mann auf die Uhr. Nur noch eine halbe Stunde ... als er leise in seine Kleider schlüpft, um sich auf seine Rückkehr in den Himmel vorzubereiten, hört er plötzlich, wie die Frau im Bett wohlig seufzt: »Ach, du weißt gar nicht, was du heute Nacht für eine gute Tat vollbracht hast!«

*

Ein Mann im Himmel ist das ewige Harfenspiel leid. Petrus gibt ihm einen Tag Urlaub. Der Mann reist in die Hölle und findet dort Wein, Weib und Gesang. Auf der Stelle bittet er den Teufel um Asyl, das ihm gewährt wird. Im selben Augenblick eilen zwei Unterteufel herbei, schnappen sich den Mann und stecken ihn in einen Topf mit kochendem Öl.

Auf seine Proteste antwortet der Teufel: »Es ist eben ein Unterschied, ob man als Tourist kommt oder als Asylant.«

*

Ein Atheist stirbt und kommt in die Hölle. Der Teufel empfängt den Neuankömmling und führt ihn herum. Der kommt aus dem Staunen nicht heraus, denn er sieht Sonnenschein, Palmen am Meer, Strandpartys ... Sie schlendern weiter, als der Mann zwischen den Dünen ein großes Loch im Sand entdeckt. Neugierig blickt er hinab und erschrickt: Wimmernde nackte Menschen winden sich auf dem Grund, die von grauenhaften Ungeheuern gemartert werden, während ein schreckliches Feuer alles in heißes, rotes Licht taucht. Der Mann schrickt zurück und fragt den Teufel, was das sei.

»Ach das«, winkt der Teufel ab, »das ist für die Christen, die wollen das so.«

*

»Wir haben hier zwei Höllen«, belehrt Petrus einen Neuankömmling, »eine deutsche und eine italienische.«

»Wie sehen die aus?«

»In der deutschen musst du jeden Tag Scheiße fressen, wirst mit einem Vorschlaghammer geweckt und mit einem Vorschlaghammer wieder in den Schlaf geschickt.«

»Und in der italienischen?«

»Musst du jeden Tag Scheiße fressen, wirst mit einem Vorschlaghammer geweckt und mit einem Vorschlaghammer wieder in den Schlaf geschickt.«

»Wo ist der Unterschied?«

»Unter uns, ich würde dir zur italienischen Hölle raten«, sagt Petrus: »Einen Tag keine Scheiße, am anderen Tag kein Hammer ...«

*

Der Chef von ThyssenKrupp kommt in die Hölle. Wenige Tage später klopft der Teufel bei Petrus an: »Könnt ihr den übernehmen? Er hat schon zehn Öfen stillgelegt!«

*

Für verstorbene Ehemänner hat der Himmel zwei Eingangstore. Auf dem einen steht: »Für Pantoffelhelden«, auf dem anderen: »Für richtige Männer«.

Stets wartet eine lange Schlange vor dem Tor für die Pantoffelhelden, während nie jemand am anderen Eingang steht. Doch eines Tages hat sich ein Ehemann vor dem Tor für richtige Männer eingefunden. Petrus fragt: »Bist du sicher, dass du hier richtig stehst?«

»Ja!«, antwortet der Mann. »Ich wollte zuerst vor das andere Tor, aber meine Frau hat gesagt: Du stellst dich hier an!«

*

Ein Pfarrer neckt einen Rabbi: »Heute Nacht habe ich geträumt, ich sei im jüdischen Paradies. Grauenhaft! Dieses Geschrei und Gedränge und Gestikulieren! Und dieser Gestank!«

»Was für ein Zufall«, kontert der Rabbi. »Mir träumte heute, ich sei im christlichen Paradies. Eine himmlische Ruhe! Ein Duft nach Rosen und Lilien – und weit und breit kein Mensch!«

Danksagung

Für Mitteilungen und Beiträge dankt der Herausgeber insbesondere Oliver Domzalski, Bettina Eschenhagen, Christina Köhler, Hilde Köhler, Hans Mentz, Michael Ringel, Carola Rönneburg, Thomas Schaefer, Corinna Stegemann, Hannelore Ullrich, Günther Willen sowie, stellvertretend für alle hier Ungenannten, Herrn Wesendonk.

Nachwort

Gott und die Welt – eine komische Beziehung

Hat Gott Humor? Zu wünschen wäre es ihm. Wie anders sollte er die Welt ertragen können, seine eigene, fehlerhafte Schöpfung! Wie, außer schmunzelnd oder sogar spöttisch, soll er denn reagieren, wenn er sieht, was die Menschen treiben, die immerhin seine Ebenbilder sein wollen, was gar jene Leute so alles anstellen, die glauben! Die Kirche – oder auch: die vielen Kirchen, deren Gründer sich allesamt auf Gott berufen – mit ihren seltsamen Riten und manchmal grotesk ausgeformten Hierarchien, die Kleriker in ihren eigenwilligen Trachten und ihrem bei passender Gelegenheit sehr bunten Putz, die merkwürdigen Lehren und mitunter verrückten Dogmen, die sich die Religionsstifter, Glaubensreformer, Gottesgelehrten und Kirchenoberhäupter ausgedacht haben, die Gläubigen, die alles mitmachen ... Wahrlich: Theorie und Praxis der Religionen sind ebenso ernst gemeint, wie man sie komisch finden kann.

Zur Komik begabt zu sein, dafür sind nun allerdings Gott und seine Anhänger nicht bekannt. Das Alte Testament führt den Allmächtigen eher als orientalischen Patriarchen vor, der, wenn ihm etwas nicht passt, zum Wüterich werden kann. Das Neue Testament hat in Jesus einen Helden, von dem es heißt, er habe nie gelacht: »Dominus risus abstinuit.« Der Herr enthielt sich des Lachens, lautet die auf den Kirchenvater Johannes Chrysostomos zurückgehende und bis heute fortwirkende Lehrmeinung der mittelalterlichen Kirche.

Garantiert humorfrei sind auch die Ordensregeln, die Benedikt von Nursia, einer der Gründungsväter des christlichen Abendlands, im sechsten Jahrhundert niederlegte: Die Mönche sollen »zum Lachen reizende Worte nicht reden«, und weiter: »Ungehörige Scherze, überhaupt müßiges und zum

Lachen reizendes Geschwätz schließen wir aber für immer aus und verdammen wir allerorts und erlauben nicht, dass der Jünger zu solchen Reden den Mund öffne.«

Gelacht worden ist natürlich trotzdem. Anders, als das Klischee es will, gibt die Bibel selbst hin und wieder dazu Anlass, etwa wenn die Apostelgeschichte von der Ausschüttung des Heiligen Geistes zu Pfingsten erzählt und berichtet, wie die Jesusjünger angeblich in fremden Zungen redeten – oder nicht eher sinnloses Zeug lallten? –, woraufhin es über einen Teil des Publikums heißt: »Die (...) aber hatten ihren Spott und sprachen: Sie sind voll süßen Weins.« Oder wenn es in derselben Geschichte heißt, dass Paulus, der wahre Stifter des Christentums, so lange auf die Leute in einer Herberge einredete, dass gegen Mitternacht ein Zuhörer, der in einem Fenster saß, einschlief und aus dem dritten Stock in den Hof fiel – und Paulus sich davon nicht beirren ließ, sondern nach kurzem Innehalten einfach weiterquakte, bis der Morgen graute!

Einen (kleinen) Sinn für Komik muss sogar Jesus gehabt haben; ohne hätte er ein Bonmot wie das von den Pharisäern und Schriftgelehrten, »die ihr Mücken seihet [aussiebt], aber Kamele verschluckt«, nicht prägen können. Lustiges gibt es wider Erwarten auch im Alten Testament: Da ist zum Beispiel die Humoreske vom Propheten wider Willen Jona, der von einem Walfisch verschluckt wird; oder die fast ein bisschen alberne Stelle in der Erzählung vom heidnischen Propheten Bileam, als die Eselin, die er reitet, plötzlich das Maul auftut und mit ihrem Herrn zu rechten beginnt. Oder wenn berichtet wird, dass Esra unter gewaltigen Drohungen eine große Versammlung einberuft. »Da versammelten sich alle Männer Judas und Benjamins gen Jerusalem in drei Tagen. Und alles Volk saß auf der Straße vor dem Hause Gottes und zitterte um der Sache willen und vom Regen« – hört man in diesen letzten drei Worten nicht den Lümmel von der letzten Bank dazwischenrufen?

Je tierischer der Ernst, mit dem der Glaube betrieben wird, desto eher rutscht er ins Lächerliche. Zwar kann man noch streiten, ob man über Kirchenleute schmunzeln, lächeln oder lachen sollte, die solche Geistesblüten wie die Lehren vom eingeborenen Sohn Gottes, von der Dreifaltigkeit oder von der Unfehlbarkeit des Papstes felsenfest vertreten. Sicher ist aber die unfreiwillige Komik, die die christliche Gottesgelehrsamkeit des Mittelalters heute verbreitet: Da disputierten spitzfindige Professoren, ob Gott in seiner Allmacht die Welt auch durch einen Esel habe erlösen können oder durch einen Kürbis; sie grübelten, wie der Esel gepredigt haben könne, und überlegten, wie der Kürbis ohne Arme und Beine zu kreuzigen gewesen wäre.

Komisch ist das, weil die Wirklichkeit von Esel und Kürbis mit der schön ausgedachten Glaubenswelt in Konflikt gerät. Dieser Kontrast zwischen Realität und Religion aber sorgt schon immer für volkstümliches Gelächter, denn, so die bitterlustige Einsicht: »Wer's glaubt, wird selig, und wer stirbt, wird mehlig.« Und er sorgt für die zahllosen, mal grimmigen, mal heiteren, zuweilen auch die Religion entschieden verteidigenden Witze aus der und über die Welt des Glaubens und der Gläubigen.

Der Mensch, so viel steht fest, hat Humor. Der, so ungefähr beschreibt ihn der Brockhaus, ist die Fähigkeit zu heiterer Gelassenheit inmitten der Misslichkeiten und Widerwärtigkeiten des Daseins wie angesichts der menschlichen Unzulänglichkeiten und Schwächen. Hat also Gott Humor? Er wird ihn brauchen, wenn er diese Witzesammlung liest. Ihm und allen Gläubigen wie Ungläubigen sei sie zu Nutz und Frommen und zum Lachen.

Peter Köhler